講談社文庫

騒動

百万石の留守居役（十一）

上田秀人

講談社

目次——騒動　百万石の留守居役（十一）

第一章　将軍の手　9

第二章　女駕籠（おんなかご）　70

第三章　姫の顔（かんばせ）　130

第四章　街道の応答　192

第五章　城下騒乱　254

金沢・江戸間の街道図
N
新潟
会津
市振関所
高田
関川関所
北国街道
下野街道
白河
今市
日光
喜連川
宇都宮
小山
日光街道
金沢
加賀藩
高岡
富山
富山藩
加賀藩領
善光寺
上田
大聖寺
大聖寺藩
五箇山
天領
福井
高山
塩尻
下諏訪
軽井沢
追分
碓氷関所
松井田
碓氷峠
高崎
館林
熊谷
浦和
中山道
福島関所
甲府
甲州街道
板橋
江戸
関ケ原
名古屋
箱根関所
岡崎
東海道
駿府
新居関所
地図作成／ジェイ・マップ

〔留守居役〕

主君の留守中に諸事を采配する役目。人脈をもつ世慣れた家臣がつとめることが多い。参勤交代が始まって以降は、幕府や他藩との交渉が主な役割に。外様の藩にとっては、幕府の意向をいち早く察知し、外様潰しの施策から藩を守る役割が何より大切となる。

〔加賀藩士〕

藩主 前田綱紀 ― 人持ち組頭七家（元禄以降に加賀八家）― 人持ち組 ― 平士 ― 平士並 ― 与力（お目見え以下）― 御徒など ― 足軽など

人持ち組頭七家（元禄以降に加賀八家）
- 本多安房政長（五万石）筆頭家老
- 長尚連（三万三千石）国人出身
- 横山玄位（二万七千石）江戸家老
- 前田孝貞（二万一千石）
- 奥村時成（二万四千石）奥村本家
- 奥村庸礼（一万二千四百五十石）奥村分家
- 前田備後直作（一万二千石）

平士
- 瀬能数馬（一千石）ほか

〔第十一巻『騒動』――おもな登場人物〕

瀬能数馬　祖父が元旗本の加賀藩士。若すぎる江戸留守居役として奮闘を続ける。藩主綱紀のお国入りを助け帰国。使者として越前に出張中、騒動に遭う。

本多安房政長　五万石の加賀藩筆頭宿老。家康の謀臣本多正信が先祖。「堂々たる隠密」。

琴　本多政長の娘。数馬を気に入り婚約、帰国した数馬と仮祝言を挙げる。

石動庫之介　瀬能家の家士。大太刀の遣い手で、数馬の剣の稽古相手。介者剣術。

刑部一木　本多家が抱える越後忍・軒猿を束ねる。体術の達人。

佐奈　琴の侍女。江戸で数馬の留守を守る。刑部の娘。

夏　琴を護る女軒猿の頭。

横山玄位　加賀藩江戸家老。無頼の新武田二十四将の襲撃を受ける。

結城外記　越前福井藩国家老次席。

本多大全　越前福井藩組頭。騒動を起こした数馬をつけ狙う。

津田修理亮　越前大野藩主松平若狭守直明の国家老。

郷田一閃　越前大野藩の剣術指南役。五人力を誇る。

松平左近衛権少将綱昌　越前福井藩主。外様第一の加賀藩を監視する役を帯びる。

前田綱紀　加賀藩五代当主。利家の再来との期待も高い。二代将軍秀忠の曾孫。

堀田備中守正俊　老中。次期将軍として綱吉擁立に動き、一気に幕政の実権を握る。

徳川綱吉　四代将軍家綱の弟。傍系ながら五代将軍の座につく。綱紀を敵視する。

騒動

百万石の留守居役（十一）

第一章　将軍の手

一

五万石ともなると、陪臣でも江戸屋敷を持つ。加賀藩前田家筆頭宿老の本多家は、その先祖が徳川家康の側近本多佐渡守正信だったというかかわりもあり、加賀藩前田家の上屋敷に近い本郷に数千坪の江戸屋敷を与えられていた。

とはいえ、主の本多政長が筆頭宿老を世襲、国元に在しているため、江戸屋敷に配置された家臣は少ない。また、主たる本多政長が江戸へ出て来ないのだから、大門が開かれる日もない。

当然、ひっそりとした屋敷は、周囲に大名や旗本の屋敷が建ち並んでいることもあり、まったく他人の気を引いていなかった。

「開けよ、ご使者である」

蝶番（ちょうつがい）に油を差すときくらいしか開かれない大門が叩（たた）かれた。

「へい。どちらさまで」

門番小者が問うた。

どこの使者かわからぬうちから、大門を開けることはない。江戸屋敷の大門は城の大手門に等しい。そこを破られれば落城と同じ意味を持つだけに、慎重な対応が門番には求められていた。

「上様である」

「えっ……」

使者の言葉に、門番が唖然（あぜん）とした。

「聞こえなかったのか、上様から本多政長への使者であるぞ」

「し、しばらくお待ちを」

門番小者が駆け出した。

「……お、お待たせをいたしましてございまする」

すぐに大門が開かれ、上使を迎えるため門脇に本多の家士が正座して出迎えた。

「うむ、幕府御使者番清水織部丞（ごししゃばんしみずおりべのじょう）である」

「当家用人、弓削次郎右衛門と申しまする。主不在ではございますが、どうぞ」

将軍の使者となれば、表や玄関での対応はできない。用人弓削次郎右衛門は、一度平伏した後、使者清水織部丞の前に立ち、御殿の客間へと案内した。

「主に代わりまして、承りまする」

弓削次郎右衛門が、はるか下座で手を突いた。

「承れ。本多政長に出府を命じるとの御諚である」

五代将軍綱吉の用を清水織部丞が伝えた。

「畏れながら、期日はございましょうや」

「早急にとのことである」

「承知いたしましてございまする。ただちに御意志を国元へ報せまする」

できるだけ早く出て来いとの命に、弓削次郎右衛門が応じた。

「出府次第、届けを出せ。それ以降は屋敷にて待機し、いつなんどきのお呼び出しにも応じられるよう」

細かい指示を付け加えて、清水織部丞が帰って行った。

「黒部を呼べ」

清水織部丞を見送って、大門を閉めさせた弓削次郎右衛門が叫んだ。

「これに」

いつの間にか黒部は弓削次郎右衛門の背後で控えていた。

「聞いていたな。ただちに殿へお報せ申しあげよ」

「はっ」

客間に忍び、清水織部丞の話を耳にしていた黒部が首肯した。

「通常の使いならば十日かかるところを、軒猿のそなたは二日で行ける。八日の差は大きい。それだけあれば、殿のことじゃ。うまくなされよう」

「はい」

弓削次郎右衛門の意見に、黒部が同意した。

「では、すぐに」

黒部が屋敷を出た。筆頭宿老とはいえ、本多は家臣であり、藩の危急でなければ足軽継は使えない。また、足軽継だと藩内に異常を報せることにもなる。そこで弓削次郎右衛門は、足の速い軒猿を使ったのであった。

これから二日間、走り続けて加賀へ向かう。食事も泊まりもしないのだ。あらためて旅の用意などは不要であった。

早足で歩き出した黒部は、まっすぐ加賀を目指すのではなく、前田家の上屋敷へと立ち寄った。

「勝手脇門は完全に潰されているな」

先日無頼衆新武田二十四将の襲撃を受けた前田家上屋敷は、表門こそ死守したが脇門を突破されていた。

「誰ぞ」

まだ修復できていない勝手脇門には、門番足軽が四名、監督する藩士が二名付き、出入りを厳しく制限していた。

「本多家の黒部と申しまする。瀬能さまのお長屋まで参りまする」

「瀬能どのは国元であるぞ」

名乗り、行き先を告げた黒部に、藩士が答えた。

「存じておりまする。国元へ戻りますゆえ、なにか預かるものでもあればと思い」

「そういえば、瀬能どのは本多さまの婿になられるのであったな。わかった」

気遣いで立ち寄ったと述べた黒部を藩士が通した。

勝手脇門から瀬能数馬の長屋までを歩きながら、黒部は顔をしかめていた。

「酷い有様ではないか。片付けてはいるようだが、まだ血の臭いが立ちこめている」

無頼たちの打ちこみで、前田家上屋敷にいた藩士とその家族に多大な犠牲が出たことは黒部も知っていたが、ここまでとは思ってもいなかった。

「佐奈どのはご無事と聞いているが……」

一抹の不安を見せながら、黒部が数馬の長屋を訪れた。

「どうかしましたか」

一人で長屋を守っている佐奈が、訪いを入れた黒部を玄関で迎えた。

「ご無事でございましたか」

佐奈は本多家に抱えられている軒猿衆の頭領刑部の娘になる。黒部は敬意をもって佐奈の状況を尋ねた。

「あのていどの輩に、後れを取るようでは父に叱られましょう」

佐奈がなんともないと答えた。

「それは重畳でございまする」

「用件はそれだけではありませんね」

安堵した黒部に、佐奈が問うた。

「はい、じつは……」

黒部が将軍からの呼びだしについて佐奈に告げた。

「本多さまに……」

今の佐奈は数馬の女中になっている。佐奈が殿と呼ぶのは、数馬だけであった。

「……わかりました。裏を調べておきましょう。本多さまが江戸へ入られるまでに、少しでもご事情をご報告できるよう」

黒部の求めを佐奈が引き受けた。

「かたじけのうございまする。ところで、国元になにか伝言でもございましたら、お預かりをいたしまするが」

好意を黒部が見せた。

「国元へでございますか……さようでございますね。では、お長屋に異変はなしとだけ殿へ」

「瀬能さまにでございますな。お預かりいたしました」

佐奈の言葉を黒部が聞き届けた。

江戸の屋敷が襲撃されたことを、江戸家老次席の村井は即座に国元へ報せている。藩士の被害についても詳細な報告は後日にして大まかなものが付けられている。藩士の被害、家族、奉公人への危害、潰された長屋のことなど、その規模は国元を脅かすに十分である。

本多政長の娘婿であり留守居役という重要な役目に就いている数馬にも、その内容は教えられる。そのとき、佐奈のことを数馬が心配するのは当然であった。

その懸念を佐奈は払拭(ふっしょく)するために、黒部に無事との伝言を任せたのだ。

「では」

一礼して黒部が長屋を出て行った。

「使者の名前は清水織部丞……」

自室として与えられている台所脇の小部屋に戻った佐奈が、江戸の切り絵図を出した。

「清水、清水……」

綱吉の使者として来た清水織部丞は目見え(めみえ)以上、それも千石をこえる名門の旗本だと思われる。千石をこえると屋敷も大きく、切り絵図に名前が載った。

「……あった」

佐奈の指が止まった。じっと地図を見つめて、佐奈は場所を脳裏に刻んだ。

越前松平(えちぜんまつだいら)家で騒動を起こした数馬は、福井の城下から出られない状況になっていた。

「しばし、様子を見るしかございませぬ」

松平家存亡の危機でもある。数馬を殺して、加賀藩との対決に持ちこみたい越前藩組頭の本多大全らを抑え、なんとか無事にことを収めたい国家老次席結城外記が、自重を求めた。

「承知いたしておりますが、いざとなれば遠慮はいたしませぬ」

加賀藩の正式な使者として来た数馬を城下だけでなく、城中でも襲った。大名としてしてはならないまねをした越前松平家へ、数馬はもはや遠慮する気はなかった。

「詫びる。幾重にも詫びる。すべては本多大全の仕業であり、殿はお若いゆえ唆されてしまわれただけじゃ」

結城外記が、必死で数馬を宥めた。

徳川の一門としての格は越前松平家が高い。だが、どちらがより徳川将軍家に血筋として近いかと言われれば、二代将軍秀忠の娘の血を引く加賀が上になる。越前松平家は徳川家康の血を引いてはいるが、二代将軍以降との縁はなかった。

石高でいけば越前松平は加賀の前田の半分にも及ばない。

「生きて帰ることができれば、貴殿の苦衷を殿にお伝えくらいはいたしましょう」

「…………」

数馬の言葉に結城外記は黙った。

「殿」

そこへ結城家の家士が声をかけた。

「なんじゃ」

「永目雪之助さまがお目にかかりたいと」

「……永目がか」

「はい」

確認に家士がうなずいた。

「多忙じゃと言え」

断れと結城外記が命じた。

「それが、どうしてもと。門を開けねば蹴破るとまで」

家士が困惑していた。

「ちっ。本多大全の腰巾着風情が」

結城外記が腹立たしげに吐き捨てた。

「わかった。出向こう。屋敷には入れぬぞ。門の外で応対する」

「わかりましてございまする」

家士が駆けていった。

「何者でござる。その永目とか申す者は」

「大番組の者でござる。本多大全の遠縁に当たるらしく、その引き立てで大きな顔をいたしておりまするが、さほどの者ではございませぬ」

数馬に問われた結城外記が答えながら、腰をあげた。

「しばし、御免を」

結城外記が出ていった。

「刑部」

「承知いたしましてござる」

部屋の隅に控えていた刑部が、小さく応じて庭へと降りた。

「殿」

数馬の家士石動庫之介が、気遣うように声をかけた。

「大事ない。すでに本多の義父のもとへ報せは出た。数日以内になにかしらの動きがあるだろう」

安心させるように、数馬は微笑んで見せた。

「いえ、ここを逃げ出すことは心配しておりませぬ。刑部どのと拙者の二人でも十分でござる」

石動庫之介が胸を張った。

戦場剣術の集大成とも言われる介者剣術を遣う石動庫之介の大太刀は、騎馬武者でさえ両断する。また、軒猿の頭刑部の体術は、目にも留まらぬ速さで数人くらいならば、一瞬で倒す。

「ではなにを気にしている」

数馬が首をかしげた。

「琴さまでございまする。琴さまが、殿の危難を聞かれて大人しくなさったままでおられましょうや」

「…………」

石動庫之介に言われた数馬が一瞬固まった。

「しないな」

数馬が頭を抱えた。

「琴さまの辛抱が切れる前に、加賀へ帰りませんと」

「ああ。あと何日くらいあるかだな」

石動庫之介の意見に数馬は同意した。

本多政長の娘、琴は数馬の妻になった。それもつい数日前のことだ。仮祝言をおこない、一夜臥所を共にし、数馬と琴は夫婦としての生活を始めた。その途端、数馬は藩命で越前松平の城下、福井へと使者に出された。

「本多の義父が、もっとも色濃く本多佐渡守の血を受け継いだと言っていたのが琴だ。おとなしく吾が帰りを待つとは思えぬ」

数馬は首を左右に振った。

「できるだけ早く、福井を出なければならぬ」

城中で襲われたときよりも、数馬は焦った。

永目雪之助に呼び出された結城外記は、大門を開けることなく潜り門から出た。当主が潜り門から出入りするのは異例ではあったが、屋敷のなかに数馬一行を匿っている以上、少しでも外から覗ける状況を作るべきではないとの判断であった。

「何用じゃ」

「ご家老さま、ご多用中失礼をいたしまする」

機嫌の悪い結城外記へ、永目雪之助が一応の礼儀で頭を下げた。

「ここでお話をするのは……」

永目雪之助が、外でできるものではないと辺りを見回した。

「ならば帰れ」

結城外記が、背を向けた。

「な、なにをご家老。拙者は本多大全さまの使者でござるぞ」

驚いた永目雪之助が本多大全の名前を出した。

「組頭風情が、次席家老である儂に、指図をする気か」

「……それは」

永目雪之助が詰まった。

「本来ならば、そなたと会わずともよかったのだぞ。それを儂は気遣ってやったというに」

「……申しわけございませぬ」

叱られた永目雪之助が悔しそうに詫びた。

「用件を申せ」

冷たく結城外記が、促した。

「未だ加賀藩の不埒者を捕まえられず、ご家老さまにもお手伝いを願いたいと」

本多大全の用件を永目雪之助が伝えた。

「もう、城下にはおらぬのではないか。あれから二日になる。十分、我が藩の境をこえておるだろう」

名門の越前松平とはいえ、国持ち大名ではない。また越前という国の形が東西に細長く、南北の厚みは薄い。北は海に面しているため逃げ出しにくいが、南へ走れば半日あれば、十分離れられる。

「それはないと本多大全さまが仰せでございました。藩境を守る番士たちに確認したところ、侍の三人づれはいなかったとのことで」

結城外記の言葉を永目雪之助が否定した。

「……愚かな。だから組頭ていどでしかないのだ」

「なにがでござる」

本多大全を嘲った結城外記に、永目雪之助が気色ばんだ。

「いつまでも三人でいるとは限らぬだろうが。一人ずつに分かれるとか、二人と一人といった形に変えるとか、目立たぬようにするくらい簡単だ」

「あっ……」

言われた永目雪之助が絶句した。

「……し、しかし、侍の通過を止めれば」

「そんなものできるものか。京からの街道をどうするつもりぞ。越前藩が京から北陸へ至る街道を封鎖しているなどと言われて見ろ。謀叛の疑いありとされても文句は言えぬ」

「うっ……」

永目雪之助が引いた。

幕府は大名と朝廷が結びつくのを怖れていた。徳川が天下人たる証の征夷大将軍は、実権を持たないとはいえ朝廷の管轄にある。どこかの大名が京を占領、武力あるいは謀略のいずれかを遣って、徳川宗家から征夷大将軍を取りあげ、別の大名へ与えてしまえば、幕府は天下の政をおこなうだけの大義名分を失ってしまう。

もちろん、一時的な占領ていどならば幕府の実力ですぐにでも朝廷を解放という名の再占領をしてのけるが、それでもよくはない。

天下が徳川のものではないと知らしめてしまうからであった。

「ましてや当家は徳川の一門ぞ。一門ほど警戒をされている。なぜなら、当家には将軍たる資格があるからじゃ。いわば簒奪できる血筋。それを幕府が気にしていないとでも思うのか」

「幕府が越前を敵視するなど……」

「では、なぜ越前家は一度潰された」

「…………」

否定しようとした永目雪之助だったが、結城外記の追撃に沈黙した。

徳川家康の次男、結城秀康を開祖とする越前松平家は、その二代目松平忠直のとき、幕府への態度が悪いとして一度取り潰され、大幅に封禄を減らされたうえで弟忠昌により新規立藩という形で再興されていた。

「わかったであろう。京への街道を封鎖するなど、論外じゃ。さっさと止めさせよ。江戸へ聞こえる前に終わらせぬと痛い目に遭うぞ。そう本多大全に伝えよ」

「……わ、わかりましてござる」

論破された永目雪之助が帰って行った。

「馬鹿でよかったわ。侍の通過を調べたくらいで、幕府が気にすることなどない。なにか言われたならば、侍姿に扮した強盗が逃げたとの噂があり、取り調べておりましたと言いわけすればすむだけじゃ」

大番組は戦となれば最大の戦力になるが、政にはかかわらない。剣や槍は鍛えても弁は得手としていないのだ。そのていどの輩を言いくるめるなど、次席家老として大藩を支えてきた結城外記にとって、赤子の手をひねるようなものであった。

「……ざわついているな」

周囲を見回した結城外記が、走り回る藩士たちの姿を見て呟いた。

二

加賀藩の城下町金沢は静かであった。数馬が越前で騒動のもととなったという情報が秘匿されたからであった。

「詰問の使者は出した。この後はどうする」

加賀藩五代当主前田侍従加賀守綱紀が、本多政長に問うた。

「瀬能の救出は吾が娘がおこないまする」

本多政長が、琴の言い出した策を語った。

「……女行列か。考えたの」

聞き終わった綱紀が感心した。

女行列とは、大名の姫あるいは正室などが旅をするときに組まれるもので、警固の侍以外は女ばかりで構成された。大名の参勤交代が行軍という形を取るため、女を同行させないのとは違い、駕籠かきたる陸尺も女、駕籠脇を警固する精鋭も別式女と華やかなものになり、速度も遅い。

また、大名の姫や正室がほとんど屋敷を出ないこともあり、女行列は目立つ。目立つことでかえって堂々とできる。

「だが、数馬の顔は見られているのだろう。行列に紛れ込ませたところですぐに見つかるのではないか」

綱紀が懸念を表した。

「…………」

それに対し、本多政長が気まずそうな顔をした。

「どうした、爺」

いつもはっきりと物事を言う本多政長の沈黙に、綱紀が怪訝な顔をした。

「娘は……琴は、駕籠のなかに瀬能を隠すと」

「……なんだと」

綱紀は耳を疑った。

「数馬と駕籠に同乗すると申すか」

「はい」

確認するような綱紀に、本多政長が首肯した。

「女駕籠だぞ。そんなところに男女が二人は入れるわけなかろう」

綱紀があきれた。

「それが、向かい合って互いに抱き合うような形を取ればと」

「……はしたないにもほどがあるぞ」

本多政長の言った姿を想像した綱紀がため息を吐いた。

「夫婦であれば、なにを遠慮することがあろうとも」

「はあああ」

言いわけを重ねた本多政長に綱紀がもう一度大きく息を吐いた。

「たしかに妙手ではある。いかに乱暴な者でも女駕籠の扉を開けて、なかをあらためようとはせぬ。無理強いしたら、無礼討ちも許される」

女駕籠で行列を仕立てられるのは、あるていどの身分でなければならない。それこそ松平綱昌が直接出向きでもしない限り、なかをあらためるなどできるものではなかった。

「いかがでございましょう」

琴は本多家の娘とはいえ、加賀藩筆頭宿老の姫なのだ。その影響は藩にも及ぶ。

「許す。それがもっとも穏やかな形での解決になろう。そうでなければ、加賀と越前に相応の被害が出るからな」

綱紀が琴の策を認めた。

「かたじけのうございまする」

本多政長が手を突いて礼を述べた。

「……なあ、爺」

声を柔らかいものにして、綱紀が本多政長の名前を呼んだ。

「琴の箍が外れたな」

「はい。今更のように安堵しております。よくぞ、琴をお側へあげようとしなかったと、己を褒めたく存じまする」

しみじみと言った綱紀に、本多政長が強く同意した。

仮祝言をすませたあと、琴は婚家を出て実家へ戻っていた。加賀藩のなかに琴を害して、本多政長の権威を落とそうとしている者がいるため、瀬能の家へ迷惑をかけまいとしての行動であった。

「夏、人の手配はできておりますか」

琴が女中に尋ねた。

「はい。軒猿のなかで衆に優れた力を誇る女を四名、選びましてございまする」

問われた夏が答えた。

「そう。わたくしと数馬さまの二人を乗せても、普段通りに動ける者でなければなりませんが、そなたが選んだならば大丈夫でしょう。あと、駕籠脇は夏が仕切ってくれますね」

「お任せをくださいませ」

はっきりと夏がうなずいた。

「後は父上さまのお帰りを待つだけ」

筆頭宿老の姫とはいえ、藩庁の許しなく国境(くにざかい)をこえるわけにはいかない。幕府が大名の正室や子供を江戸に置いているのと同じように、藩でも大きな力を持つ重臣の家族も人質として城下にいなければならなかった。

「……お帰りぃい」

玄関から家士の大声が聞こえて来た。

「お戻りのようでございまする」

「お出迎えをいたしましょう」

告げた夏に琴が首を縦に振って腰をあげた。

五万石といえば、ちょっとした大名である。本多家の屋敷は金沢城に近く、森一つを抱えこんだ広大なものであった。

屋敷の門を本多政長の乗る駕籠が過ぎてから声をあげていては、奥からでは出迎えに間に合わない。そこで本多家や加賀七家と呼ばれる万石をこえる重臣たちは、かなり前から先触れを出して、帰邸を報せていた。

「お帰りなさいませ」

「うむ。出迎え大義である」

琴が玄関式台で三つ指を突くなか、駕籠のなかから本多政長が降りてきた。

「琴、茶をいたそう」

「はい。では、用意を」

父の誘いに琴が応じた。

加賀の本多家で、茶室を遣うというのは、密談を意味する。広い庭の一隅に建てられた茶室での会話は、周囲に漏れることがない。茶室周辺に軒猿を配置しておけば、安心して話ができた。

「どうぞ」

ていねいに点てた茶を、琴は本多政長の前に置いた。

「ちょうだいいたそう」

正式な茶会ではないため、菓子などは出されない。ただ茶碗一つだけしかないものであった。

「……結構なお点前であった」

「お粗末さまでございました」

褒めてくれた父に娘がうれしそうな顔をした。

「そなたの茶を飲めるのも、あと何回かの」

しみじみと本多政長が言った。

「嫁いだとはもうせ、遠き紀伊ではなく、同じ城下ではございませんか。茶くらいいくらでもご一緒できましょうほどに」

大げさなと琴が笑った。

首をかしげた琴に本多政長も同意した。

「そうであったの」

本多政長も頰を緩めた。

「さて……」

茶碗をおいた本多政長の顔つきが険しいものに変わった。

「このたびのそなたが出した策だがの、殿の認可をちょうだいいたした」

「それはなによりでございました」

父の報告に琴が喜んだ。

「もっともはしたないと叱られたがな」

本多政長が苦い顔をした。

「夫婦がどのような格好をしようとも、他人目のないところでは、なにはばかることもございません。下卑たほうへお考えをされるほうが、いかがかと存じまする」

琴が嫌そうな顔をしてみせた。

「これ、殿への無礼はならぬぞ」

「殿の前では申しませぬ」

「……まったく」

いけしゃあしゃあとしている娘に父があきれた。

「では、もう旅だってもよろしいのでございますね」

一応という感じで琴が確認した。

「ああ。さすがに今から出るわけにはいくまいが、明日の朝ならば問題ないだろう」

本多政長がうなずいた。

女行列というのは、足が遅い。参勤行列並の速度など望むべくもなかった。もちろん軒猿の陸尺が本気を出せば、普通の旅人が早歩きをするよりも速く進めるが、そんなことをすれば目立って仕方がない。

「承知いたしましてございまする」

琴が同意した。

「大聖寺（だいしょうじ）で一泊いたせ」

「邪魔する者どもは片付けてしまっても」

行程を指示した本多政長に、琴が問いかけた。

「かまわぬ。生かして捕らえたところで、今更なんの役にもたたぬ者ばかりじゃ。そなたの思うようにせよ」

本多政長が認めた。

「では、夏にさせまする」

琴が冷たい声で告げた。

百万石を支える筆頭宿老の娘が京へ行く。

それを隠しおおせるわけはなかった。城下の治安を維持している町奉行や領内を通っている街道を見回る道中奉行らへの通告が執政からおこなわれるからであった。

「近日中に本多の娘が京へ行くらしい」

言うまでもなく、話は漏れる。

「城下を出れば、こちらのものだ」

壮年の藩士がほくそ笑んだ。

「近藤主計の馬鹿がしくじってくれたおかげで、後始末をせねばならなくなって、困惑していたところに、朗報である」

少しだけ若い藩士もうなずいた。

近藤主計とは加賀前田家の分家富山前田十万石の重職であった。近藤家は先代が前田利家に仕え万石をこえる禄をもらっていたが、分家の設立のおりに初代の傅役として出され、そのまま富山藩士となった。だが、十万石の藩に一万石をこえる家臣では分が過ぎる。結果、近藤家はその代替わりのとき、大幅に禄を削られてしまった。

そのことを恨みとした近藤主計が、前田本家の綱紀を害し、その後釜に富山藩主の前田近江守をすえて、己も本藩へ帰り、禄を一万石以上に戻し、家老として加賀藩を牛耳ろうと考えたのだ。

しかし、その企みは、本多政長の知るところとなった。

加賀藩士が参勤の途中かならず立ち寄る高岡瑞龍寺での襲撃は、歴代藩主の墓を守る火明り人と数馬によって防がれ、近藤主計はそのまま富山から逐電するしかなくなっていた。

「せっかく、我らが手をかしてやったというに」

壮年の藩士がため息を吐いた。

藩主を殺し、分家から新たな主君を迎える。

これは大事であった。もともと本家の家臣から分家へ追いやられた者たちは、格が上がるうえ、主君譜代の家臣として重用される可能性も高い。よろこんで本家への帰属を受けいれるが、問題は本家の家臣たちであった。

本家の家臣たちは、分家の家臣たちを格下として見ている。これは分家が本家から領地を分けてもらって立藩したという遠慮に乗じたものであるが、かなり根強いものである。

その下だと思っていた分家の藩士が、主君の交代とともに本家へ入り込み、譜代であると大きな顔をする。どころか本家の重役たちを差し置いて、藩政を牛耳る。当然、うまみのある役職などは、分家出身の者が独占する。

昨日まで小さくなっていた者が大きな顔をし、こちらが頭を下げる立場になってしまう。これをすんなりと飲み込める者は少ない。どうしても本家の家臣たちの反発が出てくる。

分家から戻った家臣、本家にいた家臣、その二つが権力を奪い合って争う。これは立派なお家騒動である。そしてお家騒動を起こせば、幕府が介入してくる。つい先年、徳川将軍家に近い親藩の越後高田松平家が跡継ぎを巡ってのお家騒動で、改易の憂き目に遭ったばかりなのだ。

それが外様大名最高の百万石を誇る前田で起こったならば、五代将軍綱吉は喜んで手を出してくる。それを防ぐには、あらかじめ本家の家臣たちへ根回しをしておかなければならない。利益の配分を餌にすれば、協力者を作り出すことはさほどの難事ではないし、そもそも加賀の前田家には、いろいろな軋轢がある。そこへくさびを打ちこめば、簡単に味方を作ることはできた。

その一つが本多家に不満を持っている連中であった。

本多家はその先祖が徳川家康の謀臣本多佐渡守正信である。徳川家康をして友人とまで言われた本多佐渡守の息子本多政重が、大名でないこと自体、不可思議であった。

その原因は、喧嘩で同僚を斬り殺したためであった。

喧嘩両成敗は政の基本であり、捕まれば切腹、あるいはなにかしらの咎めを受ける。それを嫌がった本多政重は徳川家を逃げだし、あちこちの大名に仕官した。福島正則、宇喜多秀家、前田利家と豊臣恩顧の大名を渡り歩いた本多政重は、関ヶ原の合戦で当時の主家宇喜多に従い、なんと徳川家と矛まで交えていた。

しかし、関ヶ原の合戦は徳川方が勝利、宇喜多家は改易となった。

「もう一度仕えてくれぬか」

浪人となった本多政重を、前田家二代利長が誘い、三万石という高禄で迎えた。

「前田家が苦労を重ねているころにはおらなかったくせに」

家中随一の禄を与えられた本多政重への風当たりは強かった。その後、五万石にまで加増され、筆頭宿老となった本多家には、その出自もあり『堂々たる隠密』という悪口が公然と囁かれるようになった。

前田家にとって恐怖の対象である徳川家、その功臣代表本多佐渡守正信の血を引く加賀の本多家への疑心は根強い。

なにせ、本多政重の仕えてきた大名は皆、徳川によって手痛い目に遭わされている。

宇喜多家と福島家は断絶、上杉家は百二十万石を三十万石にまで減らされた。本多家が加賀にいるのも、前田家も潰すためだと勘ぐる者はかなりいた。

「本多家を加賀から放逐せよ」

「五万石を没収し、譜代の臣たちへ分配すべきである」

こういった言動は、表に出てこないがまちがいなくあった。

「娘が殺されれば、次は吾が身と怖れて逃げ出すだろう」

壮年の藩士が言うと、

「加賀を守るのは、尾張以来の譜代である」

「本多だけでなく、長も不要だ。前田のために血を流さなかった者どもに鉄槌を」

若い同志たちが気勢をあげた。

「女行列だ。五万石とはいえ、さほどの藩士は出せまい」

壮年の藩士が策の話に入った。

「前に六人後に四人と籠脇の二人を合わせて、せいぜいが十二人ほど。そこに荷物持ちの中間が加わっても二十名にはいくまい」

「中間小者などは、肚のない連中、襲われれば荷物を放り出して逃げ散ろう。もともと主家のために命を張ろうとは思ってもおるまい」

「ならば十二人を相手にすればいいな。こちらはどれくらい出せる」

人数を少なく見積もった藩士に、壮年の藩士が訊いた。

「拙者は家士を引き連れて三名で参ろう」

「わたくしは二名」

「こちらは……」

集まっていた藩士たちが次々と数を口にした。

「十分でござろう。吾が家士は剣術に秀でておりまするゆえ」

「そこに儂が三名出せば、合わせて十五名になるが……万全を期すとあれば、もう少し欲しいの」

壮年の藩士が腕を組んだ。

「あの者どもはどうであろう。左田氏」

別の藩士が顔をあげた。

「あの者どもとは……」

左田と呼ばれた壮年の藩士が首をかしげた。

「先日、殿のお怒りをかって放逐絶家となった家がございましたろう」

綱紀の五代将軍継承問題の折、それに乗じてお家騒動を起こした連中のなかに藩を脱した者がいた。

「……たしかに」

言われて左田が膝を打った。

「本多家を廃し、我らが殿の側近となった暁には、罪を解いて藩籍に戻してやると誘えば、喜んで与するだろう」

別の藩士が告げた。

「猪野と板野であったな。一族はどうしている。蓑川」

左田が後ろで控えていた若い藩士に問いかけた。

「直系男子と兄弟は五箇山へ流されたはずでございまする」

若い藩士が答えた。

五箇山とは加賀と越後、飛騨の国境に近い山中の村で、峻険な山々と流れも激しい川で周囲と隔てられている。ここでは加賀藩が遣う硝石を生産している関係もあり、厳重な警戒を敷いており、重罪人の流刑地としても最適であった。

「今から五箇山へ迎えになど行けぬ」

加賀から五箇山へは急いで二日はかかる。左田が首を左右に振った。

「一門の者がおりまする」

「どこにだ」

「大聖寺に……金沢を所払いにされた者が大聖寺に居着き、お許しを待っておりまする」

左田に訊かれた蓑川が述べた。

誰かの罪に連座して放逐された者は、しばらくして帰参を命じられることがあった。罪は罪として裁かねば、不満が出てくる。かといって罪にかかわってもいない者を放り出すのも哀れである。結果、数年から十年ほどのときを置き、藩内の雰囲気が変わるのを待って、従来の禄よりも少し減らした待遇で呼び戻すのだ。

それをわかっているので、放逐された者は城下の様子がよくわかる近隣で身を慎むことが多かった。

「ちょうどよいな。本多の娘が向かうほうだ」

左田が満足げにうなずいた。

「蓑川、行ってくれるか」

「お任せを。かならずや、味方として迎えて参りましょう」

指示を受けた蓑川が出て行った。

三

女行列は余裕をもった行程を組むのが慣例であり、男の行列が一日で行くところを二日、三日で行くところを五日というふうにときをかけるので、出発も昼前とかのんびりとしたものになる。

しかし、琴の行列は夜明けとともに屋敷を出た。

「まったく、迷惑な話じゃ」

朝早くに起こされた本多政長がぼやいた。

さすがに行列を潜り門から出すわけには行かない。かといって大門を当主以外のために開けるのも問題がある。こういったとき、当主が行列の見送りに立つことで大門を開け放つ理由としていた。

「かたじけのうございまする」

駕籠の前で琴が一礼した。

「大門を開けてやれと命じてくださるだけでよろしかったのですが」

行列を出すたびに大門まで付き合っていては当主がたまらない。普段は、門番に指示し、行列の出入りの間だけ大門を開けさせるのだが、今回本多政長はそうせず、自ら見送りに来てくれた。

「娘が危ないことをするとわかっているのだ。見送りくらいはさせよ」

琴の行列は囮（おとり）も兼ねている。金沢にいる本多政長に不満を持つ者たちをつり出すというのは、襲撃があると同じ意味であった。

「危ない……なにがでございますか。軒猿が六名もおりますのに。わたくしよりお父さまのほうがお気を付けいただきませぬと」

数馬に刑部を付け、今回琴に軒猿のほとんどを供として出す。本多政長の警固はかなり薄くなった。

「儂を直接狙えるほど、肚の据わった者がおれば、金沢も安泰なのだがの。裏でこそこそするだけで、誰も表に出ても来ぬ」

大きく本多政長がため息を吐いた。

「さあ、行くがよい。ここで話をしていても、数馬は帰ってこぬでな」

「はい。では、お迎えに行って参りまする」

促された琴が駕籠に乗り込んだ。

「発ちまする」

行列の差配を任された本多家の家臣が本多政長へ頭を下げた。

「頼んだ」

本多政長がうなずいた。

本多家の屋敷前は坂になっている。その坂を下るようにしながら、行列が進んだ。

「女駕籠の割に早いな」

琴の行列を見張っていた左田が驚いた。

「ですが、我らの足には及びませぬ」

左田に同行していた藩士がこのくらいならばと侮った。

「ふむ。たしかにそうだが、挟撃に狂いが出てはまずい。誰か一人、行列を追いこし、大聖寺の同志たちに予定が早くなったと伝えてくれ」

「拙者が」

すぐに若い藩士が応じた。

「水野ならば、まちがいなかろう。任す」

「はっ」

信頼を見せられた水野が、勇んで駆け出していった。

行列を追いこすにも作法がある。少しの間行列の後ろに付き、先に行かせて欲しいという意思表示をし、それに行列が気づけば、少しだけ速度を落とす。そうなったら素早く隣を駆け抜けるのだが、そのとき駕籠の主へ敬意を表し、頭を垂れながら追いこす。

それが面倒だというときは、街道を外れて田圃あるいは山林の隙間を通行し、行列の先頭よりかなり離れたところで復帰する。このとき、行列のすぐ前に割りこむようなまねをするのは、無礼な行為として嫌われた。

「本多の娘など、なにさまぞ」

水野は若いだけに敵愾心を燃やしていた。

礼儀など気にもせず、行列の横を走り、駕籠への黙礼も無視した。

「無礼な」

行列から苦情が出たが、振り返ることもなく駆け去っていった。

「はあ」

駕籠の斜め後ろで楚々とした女中の風情を醸し出しながら、従っていた夏がため息を吐いた。

「我慢なさい」

駕籠のなかから琴が夏の行為をたしなめた。

「申しわけございません。が、あのていどの輩を相手にするのかと思えば、情けなくなりまして」

夏が首を横に振った。

「立ち塞がる壁は低く、薄いほうがよろしいでしょう」

琴が喜ぶべきだと宥めた。

「ですが、穴だらけでは壁にもなりませぬ」

腕の振るいようがないと夏が嘆いた。

「まったく、やる気を出しすぎじゃ……」

琴があきれた。

大聖寺に琴一行が入ったのは、まだ日の高いうちであった。

「脇本陣へ話をしてありまする」

五万石とはいえ陪臣、しかもその娘、前田家の一門が治める大聖寺で本陣に泊まるのは遠慮すべきだと、琴姫一行は脇本陣へ入った。

「何度乗っても、駕籠というのは疲れるものですね」

座敷に落ち着いた琴が小さく息を吐いた。

「申しわけもございませぬ」

供頭が詫びた。

「責めているわけではありません。退屈への愚痴だと思ってください」

琴が手を振った。

「挨拶(あいさつ)はお願いしましたよ」

「承りましてございまする」

委託された供頭が首肯した。

娘とはいえ、本家の宿老本多家の姫である。さすがに大聖寺藩の藩庁まで出向いて歓待を受けるわけにはいかないが、滞在の報告はしておかなければならない。もちろん、金沢を出る前に報せは出してあるが、到着したとの届けは礼儀であった。

「では、わたくしはこれで」

供頭といえども男、姫の座敷に長居をするのはまずかった。用件を終えた供頭が下がった。

「……さて、夏」

用意された白湯(さゆ)を喫しながら、琴が控えている夏に顔を向けた。

「どう見やる」

「今夜参りましょう」

あっさりと夏が認めた。

「さきほど、大聖寺に入る手前で八名ほどの侍がたむろしておりました」

「見張りですね」

琴が湯飲みを置いた。

「行列を見て、阿呆のように口を開けておりました。ちなみに途中で抜いた侍もおりましたが、予想以上だったのでしょう」

「女行列だと大聖寺に入るのは日暮れぎりぎりになるはずですからね。宿場町に入る直前で疲れ切ったところを襲おうと考えたのでしょうが、わたくしたちが思ったよりも早かったので、驚いたのでしょう」

琴が嘲笑した。

「馬鹿でございます」

「己は賢いと思いこんでいる馬鹿ほど始末に負えない者はいませんよ」

断言した夏に、琴が嫌そうな顔をした。

「わたくしが襲われたというのを衆目に示すためか、分家の城下でのことならば、本家の宿老といえどももみ消せまいと思ったのか……」

琴が嘆息した。

大聖寺藩は加賀前田家三代利常の三男利治が七万石を分地されたことで設立した。利治は万治三年（一六六〇）に死去、弟の利明が二代目を継いだ。初代利治が鉱山開発をおこなったり、二代目利明が治水工事や新田開発に手を付けるなど、名君が続いたことで実高は十万石をこえる。

また初代利治、二代利明ともに利常の息子で綱紀の叔父（おじ）にあたるため、本家も相応の気遣いをしていた。

一国一城令で城はなくなっているが、城下は残っている。そこで本多の姫が原因で騒動になる。筆頭宿老として加賀本家で重きを置く本多家にとっても、これは大きな失態となった。

「一応、頭を遣ってはいるみたいですが……」

夏も厳しい評価を下した。

「任せますが、後々の見せしめも考えての」

「はい」

琴に言われた夏が一礼して下がっていった。

脇本陣は本陣ほどの規模はないが、女行列ていどならば、余裕で全員が泊まれる。

「姫さまのお許しが出た」

御座の間から二間離れた控えの間で夏が、女中たちを前に報告していた。

「杉（すぎ）、調べはすんでいるな。相手の人数は」

「全部で二十一人。三ヵ所に分かれて潜伏している」

問われた杉という若い女軒猿が答えた。

「七人ずつか」

「いや、十人、六人、五人。すべて旅籠(はたご)で、ここから東へ五軒目に十人、正面左二軒目に五人、西八軒目に六人」

詳細を杉が語った。

「ときを合わせて、脇本陣の前に集まるという策か」

夏が読んだ。

二十一人の侍となれば、大聖寺の城下町でも目立つ。大聖寺藩の藩士でも十人をこえての集団になることなぞまずないのだ。それも見かけない顔の侍が、そんなに集まっているとあれば、町奉行所に報せが入る。実行する直前まで無関係を装うのは当たり前の話であった。

「まずは十人を削る。楓(かえで)、二人連れて行け」

「承知」

おとなしそうな女中がうなずいた。

「杉、二人でいけるな、五人」

「一人でも十分」

夏に確認された杉が不満そうに応じた。

「手早くせねばならぬし、殺すわけにもいかぬのだ。余裕が要る」

文句を言った杉を夏がたしなめた。

「吾は姫さまのお側を離れられぬ。六人については、残りの者で手早く頼む。終わり次第、脇本陣に戻り、万一の警戒につけ」

夏が人員の配分を決めた。

「いいな。殺すなよ。殺せば騒ぎになる。姫さまのご出立に影響が出ないとはいえなくなる。殺すことなく、戦う力を奪え。目を潰すか、両足の腱を切るか、両腕をへし折るか。そのくらいならば、喧嘩を装えよう」

一同にやり過ぎるなと、夏が釘を刺した。

「二度と本多家に逆らおうと思わぬように痛めつけるのだ」

大柄な女軒猿菊が言った。

「もちろんだ。では、行け」

「…………」

手早く女軒猿たちが小袖を脱ぎ、柿渋染めの忍装束になり、消えていった。

四

十人を率いているのは、若い蓑川であった。

「金沢から大聖寺まで、女行列が明るいうちに着く。これはかなりの無理をしている証である。おそらく疲れ果てて一同眠りこけるであろう。今少し、夜が更けるのを待ち、脇本陣の前で集合、一気に攻めこむ」

「蓑川氏よ。本多の娘を殺せばいいのだな。それまでは退かぬと考えていいか」

少し歳上の藩士が訊いた。

「いや、本多の娘にこだわる意味はない。我らが死んでは、加賀前田の未来を憂える真の忠臣がいなくなる。本多を追い落とし、我らが藩政を担ってこそ、加賀の前田は栄えるのだ。誰一人として欠けることなく、金沢へ帰らなければならぬ」

蓑川が首を左右に振った。

「おおっ」

「まさにそうじゃ」

「我らこそ、真の忠義を持つ者」

一同が感激した。

「ゆえに、無理と思えば退かれよ。退いた後は、おのおの金沢へ帰り、左田どのの声がかかるのを待つ」

「では、騒動を起こすだけでもよいのだな」

「うむ。もちろん、晒し者として堂々たる隠密の娘を血祭りに上げられれば、なによりには違いない。それをなした者は、功績第一として後々の出世に繋がろう」

確認した藩士に蓑川が告げた。

「ご一同、まだいささか刻限には間があるが、得物の用意などをなさり、静かに待たれよ」

蓑川が準備を怠るなと注意した。

「どれ、厠をすませておこう」

「拙者も」

二人が部屋を出た。

旅籠の厠は、一階に設けられていることが多い。二階に作っているところもあるが、排泄物を一階に下ろす手間がかなり面倒なので、よほど高級な旅籠でなければ、一階の片隅まで移動しなければならなかった。

夜の旅籠の廊下は薄暗い。蠟燭など高すぎて灯せるはずもなく、魚の油を使った安い燈油の灯りが、角々に置かれているだけであった。

「武者震いがするの」

厠に入って、小用を足しながら一人の藩士が隣で同じ行為をしている同僚に話しかけた。

「まことにな。腕が鳴る。相手が女ばかりだというのが、ちと不足だが」

同僚が応じた。

「女を殺すのは気が引けるが、これもお家のためじゃ」

「何も知らぬ女中どもは哀れであるが、やむを得ぬ犠牲である」

小用を終えた二人が、厠を出て、階段を上がり、座敷の前についたところで、首の後ろを強く打たれた。

「うっ……」

「……っ」

小さなうめきを漏らしただけで、二人が崩れた。

「好き勝手を言う」

いつの間にか背後に近づいていた女軒猿が、音を立てて倒れないように、二人の身体を支えた。

「足をもらおう」

「役立たずの股間のものも切り取ってくれようか」

「止めておけ、刃が汚れる」

楓が股間に懐刀を差しこもうとした女軒猿を制した。

「残り八人、二人ずつやれ。吾が四人引き受ける」

「うむ」

「承知」

楓の指示に二人の女軒猿が首肯した。

「行くぞ」

すっと楓が襖（ふすま）を開けた。

「帰って来たか……」

厠へ行っていた二人だと思っている一同は、そちらに目も向けなかった。

「ふっ」

息を抜くような小さな気合いを漏らして、楓が跳んだ。楓は床の間を背にしていた蓑川を最初の獲物とした。

「なっ」

不意に目の前に来た影に、蓑川が慌てた。

「…………」

口を左手で抑え、楓が蓑川の両目を裂いた。続けて膝で当て身を入れて意識を奪う。

「へっ」

蓑川の隣に座っていた藩士が間抜けな声をあげた。

「ぬん」

楓が懐刀の柄でその藩士のこめかみを強く打った。

「がっ」

脳を揺らされた藩士がふらついて前のめりになった。そこへ楓が二度懐刀を刺し、左右の腕の筋を断った。

「わあっ」

蓑川を挟んで反対側にいた藩士が叫ぼうとした。

「黙れ」

小さく命じて、楓が藩士の脳天にかかとを喰いこませた。

「ぐっ」

脳天を割られた藩士が意識を失った。

「終わったか」

「こちらはすんだ」

「ああ」

楓の確認に、二人の女軒猿が首肯した。

「では、廊下で寝ている二人を座敷に放り込んで帰るぞ。姫さまの警固が夏一人では薄い」

急ぐぞと楓が指図した。

楓が帰るのと前後して杉ら他の組も戻ってきていた。

「殺してはいないだろうな」

夏が確認した。

「あのていどの連中に、そのような失態をするものか」

杉が言い放った。

「誰一人として刀さえ抜けなかったぞ、あやつら。あの腕でよくぞ、姫さまを襲おうなどと考えたものだ。ものごとを知らぬというのは強いな」

楓があきれていた。

「よし。では、不寝番を残して、明日に備えよ。越前の領地に入るのは明後日だが、十全の警戒をせねばならぬ」

気を緩めるなと夏が引き締めた。

「越前松平に、まともな忍はいたか」

楓が首をかしげた。

軒猿が気にするのは、忍だけであった。

「徳川の一門だ、伊賀か甲賀が付けられておろう」

杉が応じた。

天下人となった徳川家康は、忍の重要さをよく知っていた。早くから伊賀の名門服部家の者を配下にしていた家康は、そのお陰で本能寺の変という戦国最大の異変からも生き延びた。伊賀との伝手が、織田信長を討った勢いで徳川家康も亡き者にしようとした明智光秀の手から逃した。

徳川家康生涯の危難といわれる伊賀越えである、
このときの功績に報いるとして、家康は伊賀者二百人を江戸へ呼び、同心として召し抱えた。

身をもって忍の価値を知った家康は天下を取ったあと、分家として独立させた息子たちにも忍を付けた。御三家尾張徳川家の御土居下組、紀州徳川家の玉込め役などだ。旗本惣頭役を兼ねる水戸徳川には特定の忍を付けず、幕府伊賀組が兼任している場合もあるが、越前松平にも忍は付けられたはずであった。

「越前に忍はもうない」

夏が首を左右に振った。

「一度潰されただろう、越前は」

「二代忠直卿のときだな。大坂の陣での戦功褒賞に不足を言い立てて、二代将軍秀忠公のお怒りを買った」

楓がうなずいた。

「忍がいれば、なにをしでかすかわかるまい。それこそ、江戸城へ忍びこんで将軍を害そうとするかもしれぬ。それを怖れた幕府が、越前松平家の忍を取りあげたと聞いた記憶がある」

百万石であろうが、親藩であろうが、徳川幕府を武力で倒すことはできない。幕府単体で四百万石、そこに譜代大名や与する外様大名を加えれば、六百万石はこえる。日本の半分以上を手にしているに等しい。それに戦を挑んで勝てる者などいなかった。

しかし、忍となると話は違った。

戦国最強をうたわれた武田家が、織田信長と徳川家康に引導を渡すべく、精鋭三万を率いて上洛したとき、その勢いを止めたのは三河武士でも、尾張の鉄炮足軽でもなく、一人の伊賀者であった。

徳川家康の息の根を止めるべく、その居城浜松城を包囲していた武田の陣中に忍びこみ、信玄に毒を塗った吹き矢を浴びせたのだ。

吹き矢の刺さり方が浅かったのか、即死はさせられなかったが、それでも信玄を起き上がれない状態にし、軍勢を足留めした。

影武者を駆使したといわれ、人一倍狙われないように気を配っていた信玄でさえ、忍は防げないのだ。

他にも天下人となった豊臣秀吉の枕元まで侵入した石川五右衛門の例もある。盗賊として処刑されたが、石川五右衛門も伊賀の流れを汲む忍であった。

家を継げなかった兄の系譜、秀忠にとってこれほどうっとうしいものはなかった。

長幼の順でいけば、越前松平が本家徳川よりも格上になる。

「法度の外にある」

秀忠は兄秀康に制外の家という別格の立場を与えざるを得なかった。制外とは、徳川幕府の法に従わなくても罰せられないとの意味だ。

そんなものを代々受け継がれては、幕府としてたまったものではない。他の大名や一族への示しが付かないし、どのような態度を取ろうとも取り潰せない大名があるなど、将軍の権威をないがしろにしてしまう。

なんとかしてその特権を取りあげたいと考えた秀忠にとって、忠直の態度は渡りに舟であった。秀忠は、忠直を隠居ではなく配流にして、越前松平を一度潰した。潰してしまえば、与えた特権は受け継がれない。なにせ、忠直の次に越前の太守になった忠昌は家を継承したのではなく、新規お取り立てになる。そう、今まであった越前松平と、忠昌の越前松平は、領地のほとんどと家臣をそのまま引き取ったとはいえ、別のものなのだ。制外という特権は、消えて当然であった。

もちろん、秀忠の肚のなかなぞ、越前松平家で執政の任にあった者には丸わかりである。

「己が兄の機嫌を取りたいがために与えた特権を奪うために、家を潰すとは」

越前松平家の家臣たちにとってみれば、理不尽でしかない。

三男が次男を差し置いて本家を継いだ。それに気が引けると秀忠が、兄秀康にせめての詫びとして差し出した特権、それを消すために大名を潰した。

「あんな姑息な男が将軍では、また越前はどうなるかわからぬ。いっそのこと……」

大名が潰れれば家臣は浪人になる。浪人は禄を失うだけでなく、武士という身分でもなくなる。その恐怖はすさまじい。

なにせ、まだ乱世が終わったばかり、藩士のなかには先祖の功績で禄を与えられている者もいるが、ほとんどは己が戦場で命を懸けて知行を得た者なのだ。

その家を将軍の尻拭いで潰されてはたまらない。手柄を立てた己もだが、討たれた敵が哀れであった。

「やられる前にやってしまえ」

こうなっても不思議ではなかった。

そもそも武士というのは禄をくれる主君へ忠義を尽くす。主人の主人には、敬意を表しても、忠誠は捧げない。武士にとって主君はただ一人であった。

つまり、将軍は武家の統領ではあるが、越前松平家の藩士たちの主君ではない。主君でなければ、その命を狙おうとも不忠にはならなかった。

それくらい秀忠もわかっている。秀忠も家康の陰に隠れているとはいえ、乱世戦国を生き残ってきた武将である。

越前松平家を新規で立てるとき、受け継がれるはずだった忍を秀忠が取りあげたのも当然の行為であった。

夏から経緯を聞かされた楓たちが納得した。

「なら、なにも怖れる者はない」

杉が断言した。


翌朝、琴の行列は夜明けと供に大聖寺を旅立った。

「少しざわついてますね」

城下を進みながら琴が呟いた。

「同時に大量の怪我人が出たのでございまする。旅籠は大騒動でございましょう」

夏が答えた。

「死人が出ていたら、役人が出てきてもっと騒がしかったでしょう。よく、してのけました」

「お褒めにあずかり、恐縮でございまする」

琴の称賛に、夏が一礼した。

旅籠はまさに困惑の極みにあった。

「どうして、こんなことに……」

番頭はうめいている侍を前に立ちすくんだ。

「藩庁へ連絡をしてくれ。拙者加賀藩組頭左田星三郎と言う」

両足の腱を断たれ、座ることもできない左田が番頭に頼んだ。

「へ、へい」

この事態をどうにかしてもらえるならと、番頭がうなずいた。

「早馬を」

大聖寺藩も驚愕した。ようやく本家で当主より怖い筆頭宿老の娘がいなくなったと思ったら、二十人近い加賀藩士たちが怪我をしたと援助を求めてきた。

面倒を抱えこみたくない大聖寺藩の対応は素早く、その日の昼過ぎに金沢まで使者が着いた。

「爺、聞いたな」

綱紀が本多政長を前にため息を吐いた。

「伺いましてございまする」

本多政長が首肯した。

「左田という名前に、記憶がないぞ」

七千人も藩士がいるだけに、当主といえども家臣のすべてを覚えてはいなかった。

「調べて参りました。尾張からの家臣で平士、禄は六百五十石。組頭を務めておりまする」

「尾張からの譜代か」

綱紀が苦い顔をした。

前田家は家臣をその仕えた時代で分けていた。前田利家が尾張荒子城主だったころから仕えている荒子譜代を筆頭に、尾張譜代、越前に領地を得たときの府中譜代、能登の国主であったおりの能登譜代、そしてそれ以降の加賀譜代であった。

左田はその区別でいけば、かなりの古参になった。

「本多への不満でございましょうな」

もっとも新参に近い本多家が前田家最高の五万石を食んでいるのに、尾張のころから苦労してきた左田が一千石に満たない。こういった不満は根深いものがあった。

「石高の意味を理解しておらぬ」

綱紀が慨嘆した。

「それを言い出せば、吾が加賀藩など、徳川の家臣から見れば腹立たしいの極致であろう。徳川譜代最高の井伊で三十万石だ。家康公のお身内でも尾張の六十一万九千五百石だぞ。当家の百万石など、それらの者から見ればふざけるなと言いたいところだな」

「…………」

同意しにくい内容に、本多政長は黙った。

「それだけの努力、功績があっての領地、知行なのだ。なんの能も価値もない者に五万石をくれてやるほど、前田家は酔狂ではない」

「畏れいりまする」

五万石に匹敵する値打ちを保証された本多政長が頭を下げた。

「小者ほど、妬心でそのあたりが見えなくなるのだがな」

もう一度綱紀が嘆いた。

「で、いかがいたしましょう。当家にかかわりなしとして切り捨てましょうか」

本多政長が問うた。

藩外で不祥事を起こした者への常套手段であった。こうして藩への波及を防ぐ。

「いいや、引き取ってやれ」

綱紀が首を横に振った。

「どうせ、目的が目的だ。届け出てはおるまい。支藩とはいえ、届け出なしに藩境をこえたには違いない」

藩士は居所を明らかにする義務があった。所用で城下を離れるときは、その旨を藩庁に届け出て許可を取らなければならなかった。まさか、筆頭宿老の娘を襲いますと言えるはずなどなかった。

「見せしめになさいますか」

本多政長は綱紀の意図を理解していた。

「これ以上、馬鹿が出てはたまらぬ」

綱紀が認めた。

「城下へ戻し、首を討て」

武士としての名誉ある死、切腹ではなく、罪を犯したものとして斬首にすると綱紀が言った。これは左田たちを武士として扱わないとの意志であり、切腹ならばまだ望みのあるお家再興あるいは、減禄格下げでの相続の望みを完全に絶つ処分であった。

「承知いたしましてございまする」

主君の苛烈な裁決を本多政長は承諾した。

「しかし、軒猿は見事よな。一人も殺さず、動けぬようにしてのけるとは」

「それくらいできなければ困りまする。加賀を守る最後の砦でございますから」

感心した綱紀に、本多政長が応じた。

「幕府隠密……か」

「…………」

綱紀の言葉を本多政長が無言で肯定した。

第二章　女駕籠（おんなかご）

一

福井藩越前（えちぜん）松平家へ加賀（かが）藩からの詰問使（きつもんし）が到着した。

「正式な当家の使者を処断しようとは、許しがたきことである」

綱紀の代理として詰問使が、応対に出た本多大全へ苦情を付けた。

「殿中で太刀を抜いたからじゃ。罪はそちらである」

本多大全が数馬が悪いと言い返した。

「それはそちらの言いぶんである。正式な使者ならば討ち果たすのではなく、こちらに引き渡して処罰を求められるのが筋であろう」

他藩の家臣を勝手に処罰する権は福井藩越前松平家といえども持ってはいない。捕らえて引き渡して、罰してもらうのが慣例であった。

主君を傷つけたとかでなければ、人を殺してもそこでは処刑にせず、引き渡す。その代わり、引き渡しを受けた藩は、相手が納得するだけの処罰を与えて、詫びを入れる。

もっとも、この遣り取りは面倒で、両家にしこりを残すことも多い。どうしても己たちの手で処罰したいという感情が、被害を受けたほうにはある。

それもあって、当家にかかわりなしという言葉がよく使われた。家臣ではないので、引き取りません、そちらでどうぞ思い通りの咎めを与えてくださって結構ですと放棄する。

これが結果的に、両家のしこりをなくすのに役に立つ。

それを加賀の前田家はしなかった。

「引き渡していただこう」

詰問使の要求は慣例ではないが、正しい行為であった。

「…………」

苦虫をかみつぶしたような顔を本多大全がした。

「まさか、勝手に処断したなどと言われまいな」

家臣を引き渡さずに処分したとなれば、大事になった。下手をすれば戦となってもおかしくはなかった。そこまで行かなくとも、絶縁はまちがいなくおこなわれる。越前松平と加賀の前田は、ともに江戸城大廊下詰めである。家格から越前松平の綱昌が一つ前の席にいるが、藩主としての貫禄、経験ともに綱紀が優った。

登城して一日一緒にいる二人が、目も合わさないとなれば、同じ大廊下に座する御三家の尾張、紀伊、水戸の徳川家が怪訝に思う。

「どうなされた」

その場を取り仕切る大廊下最高の格式を誇る尾張徳川が、質問するのは当然であり、答えないというわけにはいかない。

「それはよろしからず」

となれば勝手に処分をした綱昌に非難が集まる。若い綱昌が御三家からの渋い顔、綱紀の冷淡な対応に耐えられるはずはなかった。

そうでなくとも気の弱い綱昌なのだ。針のむしろに平然と座っていられるだけの度胸もなく、病と称して出仕しなくなるのは見えていた。

「蒲柳の質では、越前の太守にふさわしからず」

休みが続くと幕府から隠居を求められるときもあるのだ。お咎め隠居となれば、藩は潰れずとも、領地削減は避けられない。

「返答をいただこう」

詰問使が迫った。

「…………」

本多大全が横を向いた。

「それが返答だな。承知した。では立ち返り、その旨、報告いたす」

すっと詰問使が腰を上げた。

「ま、待たれよ」

このまま帰したら、まちがいなく加賀藩との仲は決裂する。もともと加賀藩を見張るために越前松平家は福井に配されたので、絶縁となっても困らないとも思えるが、ものごとはそう簡単ではなかった。

絶縁になれば、越前松平家にかかわりのある者は、加賀藩の領地を通行できなくなる。その逆も同じだが、条件としては越前松平家が不利になった。

陸路ではなく、海路に問題が出た。

越前松平家の領地にある三国港は北前船の重要な寄港地であった。大坂を出た北前船は、瀬戸内海から下関を経て日本海へと移動し、陸地沿いを松前へと向かう。その途中に三国港はあり、多くの北前船が立ち寄ることで栄えていた。

三国港に立ち寄った北前船は、次に能登へと向かう。

日本海に突き出た能登半島、その内側にある輪島港は、北前船にとって悪天候の待避場所として重要である。

「三国港に寄った船は、受け入れず」

加賀藩がこう言い出せば、北前船は大騒動になる。輪島を避けるという手もあるが、大きく海に張り出している半島を無視するのは難しい。それこそ、風が少しでも強くなれば、安全な港は命綱なのだ。

輪島と三国港のどちらを取るか。加賀と越前松平家のどちらに付くか。

これを突きつけられた大坂商人は、どうするか。まずそのほとんどが加賀になびく。港の問題だけでなく、船の荷を買ってくれる量、買い付けられる特産物の量と内容でも越前松平より加賀が多い。

越前松平家は藩祖秀康のころから比べて、石高を十七万石近く減らされている。また、跡継ぎの問題で正室に自害された四代当主だった光通が、その後追いをしてしまうという不祥事の後始末などで、かなりの金を遣い、経済に余裕がなく、北前船としては三国港に入港するだけのうまみが薄かった。

徳川の一門だぞといったところで、加賀藩の綱紀も秀忠の曾孫にあたる。綱昌とどちらが将軍に近いかといえば、綱紀がうえになる。なにせ、子供のいなかった家光が、家綱を儲けるまで綱紀の父光高を世継ぎにしようとしていたほどなのだ。いや、四代将軍家綱が跡継ぎなしに亡くなったときは綱紀を五代将軍にしようという話もあった。

目ざとい大坂商人が、天秤の傾きをまちがえるはずはなかった。

「……じつはまだ捕らえられておらぬ」

吐き出すように本多大全が告げた。

「ほう」

詰問使が目を細めた。

「よって引き渡しはいたしかねる」

「さようでござるか。ならばいたしかたない」

あっさりと詰問使が認めた。

「拙者はただちに復命に戻らねばならぬ。念のためにもう一度申しておくが、決して勝手な処分はなさるなよ」

強い口調で詰問使が言った。

「できるだけ努力するとしか言えぬ。あの者が抵抗したときは、やむを得ず討ち果たす場合もある。当家の者の命がなにより大事である」

「それについては承知しているが、無理はなさらぬことだ。貴藩の被害が大きくなるだけだ」

本多大全の要求は正当なものであった。詰問使もそれへの苦情は付けず、警告をした。

実のあるようなないような遣り取りは、半刻（約一時間）たらずで終わった。

詰問使との会談を終えた本多大全のもとへ、続いて別の面倒が持ちこまれた。

「佐渡守の曾孫娘が城下に来るだと」

城中での勢いをかって本多大全は綱昌の許しを得て、執政代理をしていた。国家老筆頭は一門家老で普段から飾りであり、実質の執政だった次席家老の結城外記（げき）は綱昌の怒りを買って、半分謹慎のような状況で登城を遠慮している。

今や、越前松平家のすべては本多大全のもとへと集約されていた。

「この時期にか」

「京へ向かう途中に通過するとの前触れでございまする」

通達を受けた藩士が答えた。

「通過、通過と言ったな」

「はい。休息をするだけで、宿泊はせぬとのことでございまする」

確認された藩士が首肯(しゅこう)した。

「本陣、脇本陣を確かめろ。この時期に加賀藩の者が、城下に来るのは気に入らぬ」

本多大全が、本当に宿泊しないかどうかを調査しろと命じた。

「ただちに」

藩士が出て行った。

「娘を使って、何をする気だ、安房(あわ)」

本多大全が本多政長の通称を口にした。

越前松平家と加賀前田家が緊迫した状態にある今、本多政長がなんの意図もなく娘を福井へ来させるとは思えなかった。

「雪之助、永目雪之助をこれへ」

本多大全が手を叩(たた)いた。

城下で数馬の探索を担当している永目雪之助は、ただちに本多大全の招集に応じた。

「御用でございますか、ご家老さま」

永目雪之助がまだ執政代理でしかない本多大全を家老と呼んだ。

「まだ早いわ」

遠縁にあたる永目雪之助をたしなめながらも、本多大全の雰囲気は柔らかくなった。

「加賀の本多の娘が、明日福井に来る」

「堂々たる隠密の娘がなにをしに」

永目雪之助が首をかしげた。

「わからぬが、なんの目的もなくとは思えぬ」

「はい」

本多大全の懸念に永目雪之助が同意した。

「おそらく、あの加賀藩士を救おうとしてだろう」

「早すぎませぬか」

数馬の一件があってからの日数を考えると、女行列が明日福井に来るというのは、つじつまが合わなかった。

「行列は予定されていたのだろう。そこへ今回のことだ。それこそ幸いと考えて使ってくることは考えられる」

　永目雪之助の疑問を本多大全が解いた。

「なるほど。さすがはご家老さま」

「ついては、そなたに……」

　今度は咎めず、本多大全が続けた。

「その行列の見張りを頼みたい」

「あの者を紛れこませて、城下から連れ出す。それを防げと」

　命令の内容を永目雪之助が口にした。

「そうじゃ。行列に加わっている者の顔をすべて覚え、城下を出るまで異変がないか、目を離すな」

「もし、あの者が出てきたときは」

「遠慮なく討ち果たせ。言いわけはいくらでもしてやる」

　本多大全は責任を取ると言わなかった。

「承りましてございまする」

　永目雪之助が引き受けた。

大聖寺を出て二日目の昼前、琴の行列は九頭竜川をこえた。

「見ているな」

夏が口のなかで呟いた。

もともと九頭竜川は加賀前田家が越前松平へ攻め入ってきたときの重要な防衛拠点である。ここに越前松平家が見張りを置いているのは当たり前であった。

「足並みを落としなさい」

駕籠のなかから琴が指示を出した。

「城下にできるだけいられるようにね」

「お任せを」

夏がうなずいた。

城下に入るなり速度を落とすのは不自然である。その前から足並みを替え、違和感を抱かせないようにしなければならなかった。

ゆっくりと琴の行列は福井の城下へと入った。

「来たな」

城下外れで、永目雪之助が待っていた。

「女を除いて六人……」

永目雪之助が行列のなかにいる本多政長家の家臣たちをじっと見た。

「よし、おまえたちも覚えたな」

配下として付けられている越前松平藩士たちに、永目雪之助が訊いた。

「覚えましてござる」

「同じく」

二人の若い越前松平藩士が首肯した。

「よし、行列を後から見張る。人が近づいてくるのに気づいたら声をあげよ。阿野、そなたは右を、由利、おぬしは左をな。拙者は正面だ」

中央を己が担当すると永目雪之助が宣した。

「かならず仕留めるぞ。うまくやれば、大全さまに役立つ者だと推薦してくれる」

出世を永目雪之助が約束した。

「承知」

「任されたし」

二人の藩士が胸を張った。

その有様を夏も楓も杉も観察していた。

「ちと面倒になったか」

楓が隣で駕籠を担いでいる杉に話しかけた。

「姫さまがお気になさっておられぬのだ。我らが気にすることではない。我らは命じられたことをなすだけ」

杉が楓をたしなめた。

「相変わらず、固いの」

「そなたが柔らかすぎるのだ」

楓の文句に杉があきれた。

「……静かにせよ」

じゃれる二人を夏が叱った。

「お頭の声だ。耳を澄ませ」

「……おう」

「わかった」

夏に言われた二人の表情が引き締まった。

「……若は結城外記の屋敷に避難なされている」

三人の耳に刑部の声が響いた。

竹の真ん中と片方の節を抜き、残った底の節に小さな穴を開ける。その穴を聞かせたい相手に向けて、反対側からしゃべれば周囲に気づかれることなく、声を届けられる。

遠耳（とおみみ）と呼ばれる忍道具の一種を刑部は使用して、辻（つじ）の陰から夏たちに指示を出していた。

「後ろに張り付いている連中もいる。休息を早めに取れ。そこに忍ぶ」

いかに忍道具とはいえ、延々と使っていると見つかってしまう。刑部はさっさと用件を言うと、すばやくその場を離れた。

「聞こえたな」

「…………」

確認する夏に二人が無言で応じた。

「姫さま。畏（おそ）れいりますが、刑部がお目通りを願っておりまする」

「そう、では昼餉（ひるげ）にしましょう。どこか旅籠（はたご）でも借りなさい」

夏に求められた琴が認めた。

他藩の行列は、城下に遠慮してできるだけ大手通を避ける。これは戦国のなごりのようなもので、城下を調べに来たのではないとの意思表示であった。

行列は大手前にいたる前に、街道沿いの旅籠を借りて休息した。

「永目どの」

阿野が永目雪之助の顔を見た。

「由利、そなた旅籠へ踏みこめ」

永目雪之助が由利という藩士に命じた。

「えっ」

旅籠のなかには加賀藩本多家の家臣がひしめいている。そこへ単身突撃しろと言われた由利が唖然（あぜん）とした。

「安心しろ。別に斬り込めと言っているのではない。あの旅籠で合流しないかどうかを見張るだけだ。土間の片隅から見ているだけでいい」

永目雪之助が説明した。

「ですが、わたくしはあの加賀藩士の顔を知りませぬ」

由利が首を横に振った。

福井城中と城下で大暴れした数馬だが、そう多くの藩士とやり合ったわけではない。数馬の顔をまともに見られた者は、城内の数名だけで、城下で対峙（たいじ）した者はすべて死んでいる。他に十名弱が城から逃げ出す数馬たちの背中を追ってはいたが、顔を見ることはできていなかった。

「愚か者が。先ほど覚えた行列の侍以外がいれば、そいつだろうが」

「あっ」

指摘された由利が間抜けな声を出した。

「わかったら、さっさと行け」

永目雪之助が由利を追い立てた。

城下の旅籠はどこも藩庁と繋(つな)がっている。怪しい旅人がいれば、町奉行所に通報する。場合によっては客の荷物を漁(あさ)るようなまねもした。

これは城下の治安のためという藩庁からのお達しがあるためであり、藩士から求められれば旅籠や木賃宿は協力を拒めなかった。

「見るだけじゃ」

要求に旅籠が応じ、由利は土間を見渡せる一階奥の廊下に潜んで行列の様子を探った。

二

大名行列は、藩主の毒殺を怖れ、食料品も調理人も自前で用意するが、女行列はそこまで人数も多くなく、食事などは旅籠や本陣宿に任せることが多い。

速さに主眼をおいた琴の行列も、荷物になる食料や食器などは持参していなかった。

「お毒味を」

琴の前に置かれた膳に夏が手を伸ばした。

「……よろしゅうございましょう。下がりなさい」

確認をし終えた夏が、旅籠の主に手を振った。

「ごゆっくりお過ごしくださいますよう」

旅籠の主が座敷から去った。

「お召し上がりを」

「いただきましょう」

促された琴が食べものに箸（はし）を付けた。

「姫さま」

琴の頭上から刑部の声が聞こえてきた。

「旦那さまは大丈夫でしょうね」

氷のような口調で琴が問うた。

「もちろんでございまする。お怪我一つございませぬ」

ほんの少し刑部の答えが揺れた。

「そう」

琴の雰囲気が普段通りのものに戻った。

「若さまには、姫さまのお見えをお報せいたしまする。次席家老結城外記の屋敷にお隠れでございまする。姫さまにおかれましては、結城の屋敷の前をお通りいただきたく」

「わかりました」

「もう一つ、そのときには駕籠の戸をお開けくださいませ」

「前に寄っておけばよいのですね」

駕籠のなかに数馬を飛びこませるので、扉を開けていて欲しいと求めた刑部に琴がうなずいた。

「畏れいりまする」

刑部が恐縮した。

「姫さま、御免（ごめん）を。夏」

一言断って、刑部が配下を呼んだ。

「お頭」

夏が天井を見上げた。

「一人、旅籠のなかに入りこんでいる」

「忍でございますか。越前松平家にはおらぬはず」

入りこんでこちらの様子を窺っているとなれば、忍がと思うのが忍であった。

「忍ならば、教える前に仕留めておる」

忍の敵は忍である。普通の藩士ならば、真後ろに忍が張り付いていても気づかないが、忍なら、近づく前に察知される。敵対する忍は見つけ次第に始末するのが、乱世以来の決まりであった。

「となれば、先ほどから後を付いてきている……」

「うむ。行列の左を歩いていた若い侍だ」

思い当たった夏に刑部が告げた。

「今もここを……」

夏の気配が鋭くなった。

「いや、下の土間にいる。ここで若さまを行列へ加えるのではないかと見張っているようだ」

刑部が語った。

「楓」

「承知」

夏に言われた楓が腰を浮かせた。

「落ち着きなさい」

琴が二人を制した。

「ここに入りこんでいるということは、旅籠の主も承知だということ。そんな藩士を片付けてご覧なさい、真っ先に疑われますよ」

「ですが、我らの仕業だとわからなければ大事ないのではございませぬか」

証拠さえなければ、ごまかしようはいくらでもあると夏が抗弁した。

「疑いだけで、隣家の家老に連なる者をどうこうすることはできません。ですが、なにかこれからもしでかすのではないかと警戒することはできまする。藩境を出るまで、周囲に藩士を張りつけられては面倒になります」

琴が首を左右に振った。

藩内を通行する間、その周りを藩士で囲む。二十人たらずの行列を四十人で見張るなどされては、いかに軒猿（のきざる）とはいえ数馬を受け入れることはできない。忍は人の心の隙間を利用して戦うのだ。数が増えれば、隙間は少なくなる。

「苦情を付ければ……」

「越前松平家の領内ですよ。こちらに手出ししてこないかぎり、文句を言えません。いえ、言ったところで相手にされないでしょう」

止めろと要求すればいいのではないかと言いかけた夏を琴が抑えた。

「……さようでございました」

夏が悄然とした。

「そなたたちが吾が夫のことを案じてくれるのはうれしい。ですが、焦ってはなりませぬ。最悪、わたくしたちは衆目を集めるだけでもよいのです。少しでも見張りの目が夫から離れれば、きっとどうにかなさいます」

琴が一同を見た。

「一人も欠けることなく、ことを成して、加賀まで戻る。それが絶対の目標。そなたたちは吾が父より預かった大切な者なのですから」

慎重な行動をと琴が頼んだ。

「姫さま……」

「ああ」

女軒猿たちが、感極まった。

「夫への仕打ちは、いずれ倍に、いえ、十倍にして返します。今は、報復のときではありません」

落ち着いた話し方ながら琴が怒っていた。

「今は、まだわたくしたちが不利なのです。夫が人質になっているようなものですから。無事に夫と従者の石動を助け出すのが肝心。反撃はその後」

「はい」

「思い知らせてくれましょう。誰に喧嘩を売ったのか。二度とそのようなまねなどできぬほどに」

「前田の名前を聞いただけで、震えが止まらなくなるようにしてくれましょう」

夏、楓、杉も琴と同じ思いであった。

「……では、始めましょうぞ、本多の戦いを」

昼餉を終えた琴が宣言した。

「世話になりました」

旅籠の土間に置かれた駕籠へ琴が入った。

「主、謝礼じゃ」

代金というのではなく、謝礼とするのも慣例で、通常の料金よりも多めに渡すのが心得とされている。

「こんなに……ありがとうございまする」

旅籠の主が、懐紙に包まれた小判の数に驚いていた。

「お発ちである」

供頭が合図を出し、琴の乗った駕籠が旅籠を出た。

「……由利さま。行かれました」

旅籠の主が由利に報せた。

「見ていた」

由利が奥から出てきた。

「主、いくらもらった」

険しい顔で由利が主を睨んだ。

「……それは」

主が口ごもった。

「寄こせ」

まだ主が手に持ったままだった懐紙を由利が奪った。

「あっ……」

「……これは」

主が啞然とし、由利が金の嵩を見て目を剝いた。

「五両もあるではないか。きさま、なにをした」

由利が主に迫った。

旅籠は一泊して朝と晩の食事を付けても二百文ていどであり、昼食だけならば心付けを入れても一人百文もかからなかった。百文で二十人、大名格の姫ということで多少材料に凝ったところで百五十文ほど、合計は三千文いくかいかないかである。一両を四千文とすれば、小判一枚でお釣りが来る。そこに五両という料金は、あまりに常識外れであった。

「そんな、わたくしは、な、なにも……」

旅籠の主が蒼白になった。

「なにを頼まれた。どこへ連絡するように言われた」

由利が旅籠の主を責めた。

「おいっ、いつまでなかにいる。もう、行列は出たぞ」

そこへ永目雪之助が入って来た。

「永目どの、ちょうどよかった」

「なにをしているのだ、由利」

由利の態度に永目雪之助が怪訝な顔をした。

「聞いてくだされ……」

「五両だと」

話を受けて永目雪之助が、小判を数えた。

「きさまっ……」

「ひえっ。お助けを」

怒気を発した永目雪之助に旅籠の主が悲鳴をあげた。

「言え、なにをしろと命じられた」

永目雪之助が、旅籠の主の胸ぐらを摑(つか)みあげた。

しずしずと進みながら、夏が口の端をつり上げていた。

「付いて来た者から、二人いなくなりました」

「おや、二人も釣れましたか」

夏の報告に琴が笑った。

「結城外記とやらの屋敷へ行くまでできるだけ角を曲がるように」

せっかく尾行を分断したのだ。旅籠の主に引っかかっている二人が、追いついて来られないように細かく辻を重ねて、行列の位置をわからせないようにしろと琴が供頭に指図した。

「お任せを」

供頭がうなずいた。

「旦那さま、まもなく参りまする」

琴が呟いた。

三

刑部は城下でもっとも目立たない武家奉公の小者に扮していた。股だちをあげ、臑を露わにした小者なら、走っていてもおかしくはないし、武家屋敷の多い城下では当たり前の風景として、まったく他人目を惹かなかった。

「戻りましてございまする」

結城家の勝手口を開けて入った刑部のことを、見張っていた本多大全の手の者も気にさえしなかった。

「ご苦労だった」

数馬がねぎらった。

「姫さまとお話をいたして参りました」

刑部が、琴の越前から京を廻って加賀へ帰るという計画を語った。

「……もう、琴が来ているのか。いや、来るか」

一瞬驚いた数馬だったが、すぐに納得した。

「ずいぶんとお怒りでございました」

「…………」

付け加えた刑部に、数馬は黙った。

「ご安心を。若旦那さまにではなく、越前松平家にでございまする」

「余計安心できぬわ。なにをしでかすつもりだ」

被害を受けるのは数馬ではないと言った刑部に、留守居役として越前松平家との関係修復など、後始末が回ってきそうな気がした数馬がため息を吐いた。

「とりあえず、ご用意を」

琴の行列の目的と行程も刑部が伝えた。

「用意はいつでもできている」

咄嗟(とっさ)に飛び出せるよう、足袋裸足(たびはだし)で草鞋(わらじ)は懐(ふところ)に入れている。振り分け荷物など捨てていく気でいる。

「両刀をお外しくださいませ。御駕籠へ入っていただきますので、刀はいささかつっかえるのではないかと」

刑部が太刀は預かると言った。

「待て、なにをさせるつもりだ」

単純に行列のなかへ紛れ込むだけだと思っていた数馬が驚いた。

「お顔を晒(さら)していただくわけには参りませぬ。姫さまの御駕籠のなかでお忍びをくださいますよう」

「琴と同じ駕籠のなかに入れと……」

「はい」

確認した数馬に刑部があっさりとうなずいた。

「狭い駕籠のなかに二人も入れば、身動きなどできぬぞ」

「動かれては困りまする」

「女と二人で駕籠になど……」

「夫婦(めおと)でいらっしゃいます。なんの問題もございません」

「しかしだな」

「他に方法がございましょうや」

「…………」

数馬の抵抗は刑部によって粉砕された。

「拙者はいかがいたそうや」

石動庫之介が刑部に問うた。

「わたくしとともに、ちと他人目を惹いていただきたく」

「承知した」

陽動をしろと言われた石動庫之介が首肯した。

琴の行列が結城外記の屋敷に近づいた。

「勝手口からでお願いいたしまする」

結城外記が表は止めてくれと頼んだ。

「わかっておりまする。お世話になり申した」

数馬は礼を述べた。

「勝手口を出た右手に見張りがおりまする。片付けて参りましょう」

刑部が淡々と言った。

「十数えたら、お出でください」

すっと刑部が勝手口を出て行った。

「庫之介」

「御懸念なく。拙者はお先に金沢へ戻っておりまする」

ここで別行動になる石動庫之介が数馬に述べた。

「家を頼む」

「お任せをくださいませ」

京を通るため、かなり帰国は遅くなる。留守宅を守ってくれと言った数馬に、石動庫之介が首を縦に振った。

「よろしゅうございましょう」

指を折って数えていた石動庫之介が数馬を促した。

「うむ。ではのちほどにな」

数馬が勝手口を出た。

「こちらへ」

足下に二人の藩士を転がして、刑部が数馬と石動庫之介を手招きした。

「行列が近づいて参りました。その辻に姫さまの駕籠がさしかかりましたら、飛びこんでいただきますよう」

まず刑部が数馬に告げた。

「石動どの、行列の後ろ十間（約十八メートル）に一人の藩士が付いてきている。あやつを仕留めていただきたい」

「わかった」

石動庫之介が太刀の鯉口を切った。

「行列の先頭が辻を横切りまする。さあ、若」

「わかった」

刑部の指示に数馬は素直に従った。ここで二の足を踏んではかえって琴たちに迷惑がかかる。

「拙者は介添えにつきまする」

うまく入れるかどうかわからない。刑部が数馬の後を追った。

「では、やるか」

鯉口を切った太刀が、鞘のなかで暴れないよう、左手で押さえながら石動庫之介も走り出した。

数馬が出てくるという辻を左手に見ながら、行列は直進した。

「姫さま。開けまする」

進みながら夏が駕籠の屋根を撥ね上げ、扉を開けて出入り可能な状態にした。

「なにをしている」

後を付けていた阿野が夏の動きに気づいた。

「扉を開けるだけならわかるが、屋根まで上げるのはなぜだ。近くにあの者がおるのか、どこだ」

駕籠の屋根は乗り降りのとき以外触らない。阿野が周囲を見まわした。

「ええい、永目どのはまだか」

阿野が後を振り返った。

「……由利も来ぬ。二人ともなにをしているのだ」

一人きりは心細い。阿野が焦りを見せた。

「なにっ」

顔を駕籠に戻した阿野は、己に向かってくる石動庫之介を見つけた。

「きさま、何者だ」

阿野が誰何したのを石動庫之介は無視して、太刀を手にした。

「…………」

「わああ」

抜き合わそうとしても鯉口を切っていないと太刀は引っかかって鞘から出ない。慌てた阿野は鯉口を切らずに太刀を抜こうとした。

「抜けぬ。ま、待ってくれ」

阿野が右手を前に出して、止めようとしたが石動庫之介が斬りかかった。

「がはっ」

石動庫之介の一刀が阿野を真正面から斬り割った。

「いつもながら、見事」

横目でそれを確認して、数馬は駕籠のなかへと身体を滑り込ませた。

「旦那さま」

腰を浮かせて、駕籠の前に身体を傾けていた琴が姿勢を戻した。自然と琴の尻が数馬の膝の上に乗った。

「琴……」

閨に等しい距離で妻を抱えた数馬が息を呑んだ。

「夏、閉めなさい」

見ている夏を琴が叱った。

「ただちに」

夏が駕籠の扉を閉め、屋根を戻した。

「預けるぞ」

その夏に数馬の両刀を渡して、刑部が行列から離れた。

「お待たせをいたしました」

阿野を斬ったまま立ち止まっていた石動庫之介に刑部が一礼した。

「いや」

石動庫之介が手を振った。

「では、一暴れいたしましょう」

誘う刑部に、石動庫之介がうなずいた。

「うむ」

永目雪之助と由利は行列を見失っていた。

「しくじった」

旅籠の主を問い詰めることに必死になりすぎたと永目雪之助が臍を噛んだ。

「阿野が付いておりまする。大丈夫でございましょう」

由利が永目雪之助を宥めた。

「一人しか目が付いていないのだぞ。いくらでも陰はできる」

そんな甘い考えでどうすると永目雪之助が由利を叱った。

先ほどまでは、正面、左右と三つの目があった。それが一つに減ったのだ。一人だと、なにかに気を取られたときに、大きな隙ができる。

「さようでございました。気の利かぬことを申しました」

由利が詫びた。

「わかったら、行列を探せ」

「二手に分かれますか」

「阿呆、これ以上目を減らしてどうする」

永目雪之助が怒鳴った。

「……永目どの、正面から」

「なんだ」

由利を睨んでいた永目雪之助が、言われて目を前にした。

「刀を抜いている。あやつら……」

永目雪之助が表情を固くした。

「どういたせば」

近づいてくる石動庫之介と刑部に焦った。

「迎え撃て。顔は覚えていないが、加賀藩から来たあやつには家士と小者が付いてきていたはず。あやつらがここにいるということは、あやつも近くに潜んでいるはずだ」

「なるほど」

うなずいた由利が太刀を抜いた。

「家士は討て。あやつは多くの藩士を斬った。だが、小者は取り押さえよ。あやつの居場所を吐かさねばならぬでな」

「承知」

永目雪之助の指示に由利がうなずいた。

「貴殿を捕まえるそうだ」

走りながら石動庫之介があきれた。

「捕まってみるのも一興でございますな。あいつの親玉のところへ連れて行ってもらえるかも知れません」

刑部が一瞬悩んだ。

「勘弁してくれ。こちらは殿を無事にお逃がしせねばならぬのだ。衆目を集めるのに一人では心許ない」

石動庫之介が刑部へ頼んだ。

「冗談でございますよ」

刑部が笑った。

「さて、小者の力、見せてやりましょうぞ」

ぐっと刑部が速度を上げた。

「は、早い」

間合いを計っていた由利が、狂わされたと焦った。

「…………」

永目雪之助にいたっては、対応さえできなかった。

急いで由利は太刀を振ったが、腰の据わっていない一刀など刑部の身体にかすることもできず、空を斬った。

「しまった」

あわてて太刀を引き戻そうとしたが、思い切り振った太刀の勢いを殺すのは難しい。かえって太刀の勢いに引きずられ、由利の体勢が崩れた。

「…………」

無言で刑部が由利を蹴った。

「がはっ」

下腹をしたたかに蹴飛ばされて、由利が吹き飛んだ。

「わっ、由利」

永目雪之助が驚いて、飛んだ由利へと顔を向けた。

「戦いの最中に他所見(よそみ)とは余裕だな」

石動庫之介が皮肉りながら、太刀を突き出した。

「ぎゃああ」

左肩を貫かれた永目雪之助が絶叫した。

「よし、このまま駆け抜けるぞ」

「へい」

石動庫之介の指図に刑部も合わせた。

「殿と国境(くにざかい)で落ち合うのだ。遅れるな」

わざと聞かせて、九頭竜川のほうへと石動庫之介と刑部が走り去った。

「……痛い」

うめきながらも永目雪之助は石動庫之介の言葉を聞いていた。

「逃がすか。大全さまにご報告して……馬を使えばまだ間に合う」

貫かれた肩を押さえながら、永目雪之助が城のほうへと向かった。

四

五代将軍綱吉は、着々と基盤構築を進めていた。

分家から、それも四代将軍家綱の二番目の弟の血筋ではなく、三番目の弟から本家を継いだ綱吉を軽く見る譜代大名は多い。とくに老中や若年寄などの執政を担当する者のほとんどが綱吉を軽視していた。

とはいえ、綱吉は将軍なのだ。将軍とはすべての武家の統領になり、老中であろうが、譜代最高の三十万石を誇る井伊家であろうが、その前では顔をあげることさえ許されない。いかに綱吉が気に入らなかろうが、血筋として不満があろうが、将軍の権威を落とすわけにはいかなかった。

将軍を軽視することは、幕府を貶(おと)しめる行為である。幕府の価値が下がれば、老中の地位も軽くなる。

このことを理解した老中たちが、まず綱吉に敬意をはらい始めた。老中が変われば、周囲も引きずられていく。

綱吉がこの動きを見逃すはずもなく、新たな腹心を作り始めた。

「あまり声をおかけになられませぬよう」

堀田備中守正俊が、綱吉に諫言していた。

「なにがいかぬ。躬は将軍ぞ。臣どもに声をかけるのは当然のことであろう」

綱吉が不満を口にした。

「もちろん、上様が一同にお声をかけていただくのは結構でございまする」

「ならば、なにも問題はあるまい」

主君が家臣になにかを命じるのは当然であり、それを阻害するわけにはいかない。

堀田備中守が認めたことに、綱吉が胸を張った。

「まんべんなくお声をかけていただければよろしいのでございまする」

「むっ……」

えこひいきをするなと匂わせた堀田備中守に、綱吉が不服そうな顔をした。

「気に入りを作ってはならぬのか」

綱吉が堀田備中守を睨んだ。

「上様」

ぐっと堀田備中守が背筋を伸ばした。厳しいことを言うとき、堀田備中守はいつも綱吉を正面から見る。

「…………」

己を将軍に就けてくれた堀田備中守である。引け目のある綱吉が目をそらした。

「将軍が特定の家臣を贔屓にすれば、家臣たちの和が乱れまする。贔屓された者は鼻を高くし、そうでない者は萎縮いたしまする」

「どこが悪いというか。躬が気に入る者は、それぞれに役立つ者ぞ。役に立つ者が、役に立たぬ者よりもはばかるのは当然のことだ。そなたもそうであろう。天下の政を預けるにふさわしいからこそ。老中首座の座にあり、皆が遠慮する。そなたの指図が通るのは、そのお陰であろう。誰もを同じ扱いにすべきならば、老中など不要になる。躬がすべてを決め、命を下せばよいのだからな」

「それは……」

詭弁だがまちがってはいない。堀田備中守が困惑した。

「能力のある者を引き上げるのも将軍の務めである」

「…………」

　これは正論であった。堀田備中守が伸ばしていた背を傾けた。

「もちろん、そなたの危惧もわかっておる。愚かな者をいつまでも寵愛はせぬ。今は誰が使えるのかわからぬゆえ、いろいろと試しているところじゃ。躬の寵愛を笠に着て横暴になるようであれば遠ざける。でなくより励む者を引き立てる。それをするのが将軍であろう。躬は分家から来たゆえ、宗家の家臣たちをよく知らぬ。今は、それを知るための時期だと思い、見守ってくれ」

　最後まで堀田備中守をやりこめるのはまずいと綱吉が機嫌を取った。

「そこまでお見通しとは、さすが上様はご英邁。要らぬことを申しあげました。お詫びをいたしまする」

　将軍に頭を下げさせることはできない。堀田備中守が謝罪して、諫言を終えた。

「そうじゃ、備中守、ちと耳にしたのだが、加賀の前田の屋敷が襲われたというのは真か」

　綱吉が真偽を確かめるといった風に問うた。

「お耳に入りましたか」

　堀田備中守がちらと並んでいる小姓と小納戸を見た。無用の話を綱吉に吹きこんだのは誰だとの威嚇に、数人の小姓が顔を伏せた。

「叱ってやるな。この御座の間から出られぬ躬を哀れと思うて、巷の噂を聞かせてくれたのだ」

綱吉がかばった。

「御寛大なお心、備中守感服いたしております る」

一度綱吉に向き直った堀田備中守が称賛した。

「しかし、まだ執政が上様のお耳に入れていない、定かかどうかさえわからぬ噂を上様にお聞かせするのはよろしいことではございませぬ。もし、まちがった噂をお伝えして、それに上様がなんらかのご指示を出されたといたしましたら、どうなりましょう」

「むうう」

堀田備中守の正論に、今度は綱吉がうなった。

「その結果、無実の者が咎めを受けるようなことになれば、取り返しがつきませぬ」

強い語調で、堀田備中守が小姓たちに聞かせた。

「今後は注意しよう」

綱吉がそれ以上は言うなと堀田備中守を制した。

「はっ」

　堀田備中守も綱吉を追い詰めるつもりはない。すぐに引いた。

「ところで、前田の話は真なのか」

　もう一度綱吉が訊いた。

「真でございまする」

　嘘を将軍に吐く。ときと場合によってはやむなしでもあるが、今は小姓たちをいい加減な話をするなと叱ったばかりで偽りを答えるわけにはいかなかった。

「誰が襲った」

「前田家からの届けによりますと、浪人と無頼の者だったとか」

「浪人と無頼……それがなぜ前田を」

「それについてはわからぬそうでございまする」

　当然の疑問を口にした綱吉に、堀田備中守が告げた。

「なにもなければ、いかに浪人や無頼といえども前田を襲うまい。前田になにか原因があるのではないか」

　綱吉が調べるべきだろうと言った。

「浪人や無頼をどうやって調べまするや」

「町奉行に命じればいい」

「江戸には数千をこえる浪人がおりまする。無頼まで入れれば万に届きましょう。そのすべてを取り調べるのは無理でございまする」

堀田備中守が首を横に振った。

「前田家を襲った者はどうなった。その者どもから……」

「殲滅したそうでございまする」

生き証人はどうしたと尋ねた綱吉に、堀田備中守が述べた。

「鏖だと。やりすぎではないのか」

綱吉が驚いた。

「証人を残したくなかったのではないだろうな」

「上様、武家が屋敷を襲われて、全力で敵を排除いたさねば、それこそ問題でございましょう」

五代将軍就任のいざこさにまだこだわっているらしい綱吉に、堀田備中守が諭した。

「そうじゃ、屋敷を浪人、無頼ごときに侵されたのは、武家として情けないことであろう」

「表門を破られてはおりませぬ」

「むっ」

武家の屋敷は城と同じで、大手門にあたる表門がやられないかぎり、なにもなかったとして扱うのが慣例であった。

「事後直ちに町奉行所へ届け出、浪人、無頼の死体などを引き渡しておりまする。前田家の対応に落ち度はございませぬ」

「…………」

綱紀に咎めを与えることはできないと断言した堀田備中守に、綱吉が口をつぐんだ。

「では、上様、これにて」

老中首座は忙しい。堀田備中守が綱吉の前から下がった。

「上様」

先ほど顔をうつむけさせた小姓の一人が声を出した。

「大久保加賀守さまを召されてはいかがでございましょう」

「加賀守をな」

小姓の提案を綱吉が考えた。

「備中守に知られぬように、加賀守を呼べるか」

綱吉が条件を付けた。

「難しゅうございますが、なんとかいたしてみまする」

小姓が請け合った。

老中は御座の間の隣に設けられた御用部屋に詰める。御三家であろうが、若年寄であろうが、御用部屋には足を踏み入れられない。ただ、老中の執務を手助けする右筆(ゆうひつ)と御用部屋坊主だけが、出入りを認められていた。

「…………」

御座の間を出た小姓は懐に手を入れ、紙入れを探り、なかから一分金を取り出した。

「坊主」

小姓が御用部屋の出入りを見張るように座っている御用部屋坊主を呼んだ。

「何用でございましょう」

御用部屋坊主が座ったままで応じた。

お城坊主の一つの御用部屋坊主は、お目見(めみ)え以下で二十俵二人扶持(ぶち)ていどの軽輩でしかない。とても将軍側(そば)に仕える名門旗本の小姓の相手にはならないが、老中と親しく話ができるという役目柄の権威を着て、横柄な態度を取ることが多かった。

「上様の御用じゃ」

まず小姓は将軍の名前を出した。

「はっ」

さすがに上意と言われて傲岸なままでおられるはずはなかった。御用部屋坊主が平伏した。

「大久保加賀守さまをお召しである」

「ただちに……」

御用部屋坊主が腰を上げようとした。

「待て」

小姓が止めた。

「まだなにか」

「余人に知られぬようにいたせとの御諚じゃ」

首をかしげた御用部屋坊主に小姓が小声で伝えた。

「……知られずひそかにと」

「うむ」

確認した御用部屋坊主に、小姓がうなずいて一分金を出した。

「これは……」

「拙者からだ。受け取れ」

戸惑った御用部屋坊主を小姓が押さえこんだ。

「……」

「他言無用」

まだ怪訝な顔のままの御用部屋坊主に小姓が口止め料だと告げた。

「かたじけのうございまする」

そそくさと一分金を懐にしまった御用部屋坊主が襖を開けてなかへと消えた。

御用部屋は老中ごとに屏風で仕切られ、隣がなにをしているか見えないようになっている。屏風のなかには老中一人と事務を補助する右筆一人の二人がいた。

「加賀守さま」

金をもらった御用部屋坊主が大久保加賀守の屏風のなかへと入りこんだ。

「なんじゃ」

大久保加賀守が読んでいた書付から顔をあげた。

「お耳を」

御用部屋坊主が密談を求めた。

「……寄れ」

少しだけ考えて大久保加賀守が認めた。

「御免を」

素早く近づいた御用部屋坊主が囁(ささや)いた。

「上様のお召し、誰にも知られることなくとの御諚でございまする」

「……わかった」

大久保加賀守がうなずいた。

「失礼をいたしました」

用件はすんだと御用部屋坊主が離れた。

「少し離れる。これを清書しておけ」

大久保加賀守が右筆に書付を渡した。

「はっ」

右筆が頭(こうべ)を垂れた。

屏風で仕切られているため、密談は外に漏(も)れないが、逆に内側では思った以上に通る。右筆は大久保加賀守が綱吉からの呼び出しで出て行ったと知っていた。

大久保加賀守の命じられた清書をすばやく終えた右筆が、わざとらしく一枚の書付を持って、御用部屋最奥に陣取る堀田備中守のもとへと伺候した。

「これをご覧いただきたく」

「…………」

無言で堀田備中守が書付を受け取って読んだ。書付には大久保加賀守と御用部屋坊主の密談が記されていた。

「承知した。この件については余が片付けておこう」

堀田備中守が書付を懐へと仕舞った。

「では、これで」

「ご苦労であった。そなた名前は」

一礼した右筆をねぎらいながら、堀田備中守が名前を問うた。

「幾田弓之助と申しまする」

「見事な手蹟である。覚えておこう」

堀田備中守が大久保加賀守の動向を報せた右筆を引き立ててやると言った。

「よしなにお願いをいたしまする」

「…………」

幾田が喜色を浮かべた。

右筆は幕府にかかわるすべての書付を取り扱う。筆を使っての仕事であるため、役目としての地位も低く、役高も五百石と少ない。しかし、これは平の右筆であり、組頭になると一気に余得が増えた。

大名や旗本の家督相続、婚姻などの届けも右筆が取り扱う。そしてどの書付から処理するかは、組頭の胸先三寸であった。

四代将軍家綱のとき、大政を委任された保科肥後守正之によって末期養子の禁は緩和されたとはいえ、跡継ぎなしはお家断絶、幕府開闢以来の祖法であった。もし、藩主が死亡したとき、跡継ぎが幕府へ届けられていなければ、取り潰しは免れても減封、転封などの咎めは受ける。減封は直接の収入にかかわり、転封だと石高は減らされなくとも、江戸から遠ざけられて参勤の費用が膨らんだり、実高の高いところから少ないところへ移されたりと、やはり減収になった。

右筆の処理次第で、これが免れるのだ。なにせ家督相続の届けが出たかどうかなど、一々老中へ報されることはない。大名だけで三百ほど、目見え以上の旗本になると数え切れないのだ。まず毎月家督相続の届けは出ている。そのたびに書付を回していたのでは、多忙を極める老中がたまらない。もちろん、御三家だとか加賀の前田、薩摩の島津、彦根の井伊など将軍とも近しい大大名の場合は別である。このあたりになると家督相続にも幕府の意志がかかわってくる。

「この者はふさわしからず」

「長男ではなく、徳川の血を引く次男こそ家を継ぐべきである」

幕府にとってつごうのいい跡継ぎへの介入をする。とはいえ、これは例外であり、普通は右筆の判断で終わる。

当主が病気で明日をも知れないともなれば、家督相続を早く終わらせたい。だが、そんな事情は右筆にはかかわりない。順番どおりに処理していくのが当たり前であり、格段の気遣いを求めるなら、相応の代価が要る。

「これを先にいたせ」

右筆組頭が配下の右筆にこう命じれば、一刻（約二時間）かからずに書付は処理される。

「後で良い」

こう言われれば、いつまで経っても書付は右筆部屋に留まってしまう。

となれば、大名、旗本が右筆組頭へと金やものを贈って、迅速な処理を求めるのは当然の行為であり、この余得が大きな収入となっていた。

もちろん、独り占めは配下の妬みを買う。組頭とはいえ、配下の右筆と主従ではないのだ。配下の右筆にそっぽを向かれると、仕事が動かなくなり、組頭としての能力を問われる。組頭はもらった余得を配下にも分けてはいるが、それでも半分以上は手元に残す。

組頭と平の右筆では、大違いであった。

「次は、おぬしが組頭になる」

そう老中首座に言われたも同然なのだ。大久保加賀守付きの右筆が裏切ったのも無理はなかった。

「わかっておろうな」

仕事に戻りながら、堀田備中守が己付きの右筆に釘を刺した。

「わたくしはなにも見ておりませぬ」

堀田備中守付の右筆があわてて首を左右に振った。

御座の間に大久保加賀守が入るなり、綱吉が他人払いを命じた。

「のう、加賀守、そなたはどう思う」

「なにをでございましょう」

いきなり問われた大久保加賀守が首をかしげた。

「武士が門前を浪人や無頼に汚されて、なにもなしというのはどうだ」

「前田でございますな」

そこまで言われて気付かないようでは、老中などやっていられない。大久保加賀守が綱吉の意図を悟った。

「備中守さまは、どのように」

「表門を破られないかぎり、なにもなかったものとするのが決まりだと申したわ」

堀田備中守の対応を尋ねた大久保加賀守へ綱吉が答えた。

「問題のない対応でございまする」

おかしくはないと大久保加賀守が認めた。

「むっ」

綱吉が不機嫌に黙った。

「無頼どもに襲われるには襲われるだけの理由がございましょう、それは」

「前田には心当たりがないそうだ」

確認された綱吉が苦い顔をした。

「咎めようがございませぬ」

無理だと大久保加賀守が首を横に振った。

「どうしてだ」

綱吉が強い不満を露わにした。

「前田をそれで咎めたといたしましょう。もし、江戸城の大手門で同じことがあったとき、どうなりますや」

「むっ……躬は将軍ぞ。将軍を咎められる者などおらぬ」

大久保加賀守のたとえに、綱吉が反駁した。

「御三家方が、黙っておられますまい」

「そのようなもの、無視すればいい」

綱吉が拒否した。

「天下の笑いものになられますぞ」

大久保加賀守が諫言した。

「将軍位を争った相手は咎めても、自らは律せられない。天下人たる器にあらずと万民が上様を……」

さすがに将軍を嘲笑するとは言えなかった。

「……それはならぬ」

最後まで大久保加賀守は口にしなかったが、しっかりと綱吉はそれを理解していた。

「これ以上軽く見られるのは我慢ならぬ」

綱吉が首を横に振った。

「ここは上様、ぐっとご辛抱をなさいませ」

「耐えろと言うか」

一層綱吉の機嫌が悪くなった。

「前田を見逃せと申しあげているわけではございませぬ」

大久保加賀守が否定した。

「どうすると」

「これは、わたくしのもとにだけ届いた話でございまする」

「加賀守のところにだけ来た話……」

綱吉が興味を示した。

「前田加賀守が、国入りの途上で襲われたそうでございまする」

大久保加賀守も加賀守である。加賀守だけと言えば、どちらかわからない。大久保加賀守は、官名だけを言う慣習を破って綱紀を前田加賀守と呼んだ。

「死んだのか」

　ぐっと綱吉が身を乗り出した。

「いえ。傷一つなしに切り抜けたそうでございまする」

「ふん」

　綱吉が鼻を鳴らした。

「それでは意味がない。あやつが苦しんでこそだぞ」

　露骨な嫌悪を綱吉が表に出した。

「お待ちくださいませ。その襲った者がおもしろうございまして」

「面白い……誰が襲った」

　大久保加賀守の話に綱吉が乗ってきた。

「なんと加賀前田の分家、富山前田の家老だったとか」

「分家の家老、それのどこがおもしろい」

　館林(たてばやし)藩主から将軍になった綱吉には、兄がいた。甲府藩主であり、綱吉よりも長幼の序で優っていた甲府宰相綱重(つなしげ)とは、いろいろなことで競い合ってきた。いや、言いかたを気にしないならば争ってきた。

　綱吉にとって幸いだったのは、綱重が早くに亡くなってくれたことだ。おかげで、四代将軍家綱の跡を受けての将軍就任のときに、甲府藩は相手にならなかった。

もし、綱重が生きていれば、綱吉の将軍就任はない。血筋を同じくする者同士の間には、大きなもめ事が潜在している。このことを綱吉はよく知っていた。

「加賀の前田は、今回無視いたしまする。その代わりに富山を咎めましょう。分家の家老が本家の主君を狙った。これは謀叛でございまする」

「謀叛……たしかにの」

目下が目上に刃向かう、これを幕府は決して認めていなかった。

「富山を潰す……たしかに本家の前田にも痛手だな」

分家の不始末は本家の傷になる。綱吉が納得した。

「いいえ、富山は潰しませぬ。潰せば、富山の藩領は本家たる加賀の前田に戻るだけ」

「では、どうするのだ」

綱吉が怪訝な顔をした。

「富山を咎めて、奥州にでも移封させまする。藩が潰れなければ、本家は分家領を接収できませぬ。つまり、富山の前田をどこかに動かせば、加賀の前田の隣に十万石という空き地ができまする」

「なるほど。富山を幕府領にすれば、加賀の前田に絶えず圧力をかけられるか。参勤交代の経路としても使いにくくなるの。見事なり、加賀守」

綱吉が感心した。

「お任せをいただいても」

「うむ。思うようにいたせ。うまくいったときの褒美（ほうび）は、望みのままじゃ」

やっていいかと訊いた大久保加賀守に、綱吉が強くうなずいた。

第三章　姫の顔

一

軒猿の女忍の膂力は強い。数馬を受け入れた後も常と変わらぬ足取りを維持していた。

「揺れが辛うございまする。もう少し、きつく抱いていただきますよう」

数馬の膝のうえにまたがった形の琴が求めた。

「しかしだな」

狭い駕籠のなかで琴と接している数馬は、その匂いと柔らかさに困惑していた。

「もう閨を共にした夫婦でございまする。なにを恥じることがございましょう」

こうなると女のほうが肚を据える。琴が数馬の逡巡を諫めた。

「……わかった」

数馬は琴の身体を引きつけた。

「はい」

満足げに琴が微笑んだ。

「夏、追っ手はどうなっておりましょう」

琴が問うた。

「今のところ姿はございませぬ」

「そう、注意は怠らぬよう」

「承知いたしております」

夏がうなずいた。

「藩境までは、あとどのくらいだ」

数馬が尋ねた。

「夕刻には」

夏が答えた。

「まだ二刻（約四時間）はあるな」

「わたくしとご一緒はご退屈ですか」

ため息を吐いた数馬に、琴がすねた。

「そうではない。そうではないが、狭いなと」

数馬が言いわけをした。

「わたくしと触れあうのもお嫌だと」

「違う、それは……」

「それは」

言いにくそうな数馬を琴が追い詰めた。

「姫さまが瀬能さまをからかっておられる」

陸尺をしている楓が、夏に笑いかけた。

「夫婦の間のことに聞き耳を立てるな」

夏が楓を叱った。

「いや、あまりに姫さまが楽しそうでの」

「……たしかに」

微笑む楓に夏が同意した。

「おい、後ろに人影が増えたぞ」

最後尾の陸尺を務めている杉が注意を促した。

「さすがにこのまま見逃してはくれぬか」

夏が面倒くさそうな顔をした。

石動庫之介と刑部に抜かれた永目雪之助と由利の二人が互いを支えながら福井城へと駆けこんだ。

「み、見つけましてござる」

「そうか、よくしてのけた。さすがは、吾が甥である」

報告を受けた本多大全が肩を押さえてうめく永目雪之助を褒めた。

「で、どこにおる」

本多大全が二人の後を見た。

「……突破されましてございまする」

「なんだと。なにをしていた」

申しわけなさそうな永目雪之助を本多大全が叱った。

「不意を打たれまして……」

「情けない。そんなことでは儂が家老になった後の組頭に推挙できぬぞ」

本多大全が首を横に振った。

「しかし、どこへ逃げたかは確認いたしておりまする」

「なにっ、それはどこだ」

「九頭竜川のほうへ……騎馬ならば追いつけるかと」

急かされた永目雪之助が答えた。

「まだ間に合うか。ならば馬廻りどもを走らせよ。その怪我ならば、馬には乗れるであろう。そなたも行け」

本多大全が冷たく指示を出した。

「走れ」

あわただしく城門から騎馬が出立した。

「討ち果たしていい。問答も不要だ。なんとしてでも川の手前で仕留める」

騎馬隊の指揮を任された永目雪之助が大声で命じた。

「…………」

「よろしいのか」

馬廻りたちが不審そうな顔で問うた。

「組頭さまの指図ぞ」

「それでも加賀藩の者を討ち取るなど、正しいとは思えませせぬ」

本多大全の名前を出して押さえこもうとした永目雪之助に、まだ馬廻りたちは納得しなかった。

「つべこべ申すな。果たさねば藩が潰れるのだぞ」

「…………」

藩の危機だと強調した永目雪之助に馬廻りたちが不満そうな顔で黙った。

「そういえば……」

馬廻りの進発を見送った本多大全がふと思い出した。

「あの本多の娘はどうしている」

本多大全が足を止めた。

「おい、誰か、加賀から来た本多の娘がどうなっているか、知っている者はおるか」

「…………」

問われた越前松平の藩士たちが無言で知らないと応えた。

「急いで確認せい」

本多大全が慌てた。

お飾りの城代家老に代わって藩政を担当していた次席家老の結城外記が出仕して来ない今、越前松平家の実権は組頭の本多大全が握っている。

「ただちに」

言われた藩士たちが駆け出していった。

城下町とはいえ、駕籠を仕立てての行列は珍しい。少し、城下で聞き込みをするだけで、行列は見つかった。

「まもなく、城下の外れに差しかかるそうでございまする」

藩士の一人が本多大全に復命した。

「止めろ。止めるのだ。儂が行くまで足留めさせい」

本多大全が叫んだ。

「ですが、加賀の者は九頭竜川へ向かったのでは」

藩士が疑問を呈した。

「人質として使うのだ。もし、九頭竜川で足留めできなかったとき、加賀藩からの詰問をそらすための道具とする。宿老の娘ならば、それくらいの価値はある」

「……………」

女を人質にすると言った本多大全に藩士が二の足を踏んだ。

「さっさと行け」

本多大全が怒鳴った。

「どいつもこいつも、政がわかっておらぬ。卑怯と言われようが、最後に生き残った者が勝ちなのだ。加賀を潰せば、当家はその功績で大きく発展する。そうなれば、皆に加増もできる。家で厄介者になっている次男や三男を新規召し抱えしてやることもできる。どちらも今の世では、困難を極める話だ。それが夢ではなく、現実として手の届くところに来ているのだ。それになぜ気付かぬ」

一人になった本多大全が嘆息した。

「まったく、これだから他人に使われるだけの者は……やはり儂のような優秀な者が、藩を率いていかねばならぬな」

本多大全が胸を張った。

「さて、殿にどのようなご報告をするか」

腕を組んだ本多大全が、独り言ちた。

石動庫之介と刑部は、走るのを止めていた。

「追いついて参りませんな」

刑部が後を見て、首を左右に振った。

「遅うござるな」

石動庫之介も同意した。

「川が見えて参りました」

「このまま逃げるわけにはいかぬのだがな。もう少し、殿と奥方さまが藩境を出られるまで気を引かねばならぬ」

刑部と石動庫之介が顔を見合わせた。

「失態でござるなあ。当家でこのようなことをいたせば、殿よりきついお叱りを受けますが」

「結城外記どのが仕切られれば、こうはならぬであろう」

二人の意見が本多大全の能力不足だと一致した。

「少し武器の手入れでもいたしましょうか」

「そうだな」

互いに人を斬っていた。どうしても刃に脂がついてしまっている。脂は刃の切れ味を落としてしまう。切れない刃物など、戦いでは足手まといでしかなかった。

「……ほう、さすがでござるな」

懐(ふところ)から小さな砥石(といし)を出した石動庫之介を刑部が称賛した。

「拙者の剣は戦場剣術、道具の手入れも技のうちでござる」

石動庫之介が応じた。

「いや、昨今は太刀を抜いたことさえないという輩が幅をきかせておりまする。戦う者がこれでは話になりませぬ」

刑部が嘆いた。

「軒猿の衆は、皆、遣い手ばかりでございましょう。佐奈どのもすさまじい腕前でございました」

かつて武田法玄の配下であった浪人二人を迎え撃ったとき、石動庫之介は佐奈の武術の腕を見ていた。

「過分なご評価をいただいておりますがな、娘はまだまだでござる」

娘を褒められた刑部が、まだ足りないと手を振った。

「……うん」

刑部の表情が険しくなった。

「どうやら追いついてくれたようでござる。地に響きが出ておりまする。騎馬でございましょう」

足裏の感触で刑部が、敵の接近を知った。

「数はいかほどで……いや、数などどうでもよいことでござったな。我らはここで派手に戦うだけ」

「よき心がけと存じまする」

覚悟を決めた石動庫之介に、刑部が笑った。

「来た」

待つほどもなく、騎馬に乗った藩士たちが槍を小脇に抱えて現れた。

「ざっと十騎、少し苦労しそうでござるな」

石動庫之介が不敵に口の端を吊り上げた。

騎馬の上から突き下ろす槍の威力は強い。太刀などあっさりと弾かれてしまう。また、槍と太刀の間合いの差もあり、徒士にはかなり不利であった。

「さて、ともに加賀では新参、しかし、主君への忠義では古参に劣らぬ武士二人、その意気込み、越前の地に刻んでくれましょう」

騎乗の越前藩士たちの顔がはっきりと見えてきたところで、石動庫之介が太刀を構えた。

「軒猿を武士と言ってくださるか。さすがは若殿が信をおくお方じゃ」

石動庫之介の言葉に刑部が喜んだ。

「では、まずは数を減らしましょうか」

そう言った刑部が右手をあげた。

「……うわっ」

「なんだ」

騎馬隊列のなかほどにいた馬が二頭、手裏剣(しゅりけん)を首に受け、つんのめるようにして倒れた。密かに刑部たちに同行していた軒猿の仕業であった。

「わっ」

「危ない」

倒れた馬が道を塞(ふさ)ぎ、後続の騎馬たちが、慌てて手綱を引いて止まった。

「両断してくださったか、ありがたし」

石動庫之介が感謝を口にして、駆けた。

中央の二頭が転んだことで、騎乗の藩士たちは四人ずつの二つに分けられた。極端な話、同時に十人を相手しなければならないのが、半分以下の四人に減ったのだ。

さらに騎馬の最大の武力ともいえる、大きな馬体を使った突破力が突然のできごとにうろたえて足を止めてしまったために失われた。

前にいる四騎も倒れた仲間を見るために、馬を止めていた。その間へ石動庫之介が飛びこんだ。

「りゃああ」

跳び上がりざまに肉厚の太刀を薙ぎ、石動庫之介は左右の騎乗藩士の片足を斬り飛ばした。

「ぎゃあああ」

「あがあ」

片足を腿から失った二人の藩士が平衡を維持できず馬から落ちた。落ちてしまえば、騎乗藩士は徒士と同じになる。いや、すでに戦う力を失っている。

「こやつ」

「よくもやってくれたな」

残った二人の騎乗藩士が槍を石動庫之介へ向けて突き出そうとするが、主を失った馬が盾になり、攻撃できなかった。

「くそっ。卑怯者め。馬に隠れず、堂々と勝負せい」

騎乗藩士が石動庫之介を罵った。

「二人を十人で襲うのは、卑怯ではないと。いや、十人で四人だったの」

刑部が嘲笑しながら、軒猿が二人別にいると告げた。

「黙れ、貴様らは城下を荒らした鼠賊である。鼠賊相手に卑怯などはない」

騎乗藩士が言い返した。

「加賀藩の使者一行と知りながら、鼠賊と言うか。ならば、鼠賊らしく振る舞おう。どうせここでのこと、表沙汰にはできまい」

表情を消した刑部が、まず、石動庫之介に傷つけられて呻いている二人の藩士に止めを刺した。

「きさまあ」

騎乗藩士が抵抗できずに殺された同僚の姿に激昂した。

「死ねええ」

槍を刑部へ向けて突きだした。

「相手を途中で変えるなど、悪手だぞ」

低い姿勢で馬の腹の下を潜った石動庫之介が、太刀で槍を斬った。

「えっ」

けら首から先を失い、ただの棒に成り果てた槍に、騎乗藩士が啞然とした。

「少しは学べ。戦場で敵から目を離したら、死ぬだけぞ」

馬の反対側に出た石動庫之介が、変わり果てた槍を摑んで引っ張った。

「おわっ」

両手で槍を操るため、手綱を離していた騎乗藩士があっさりと落馬した。

「ふん」

落ちた騎乗藩士の首を刑部が蹴り折った。

「…………」

「大屋っ」

前で残った一人が絶息した同僚の名を呼んだ。

「後ろもあと二騎でござる」

刑部がわざと後続もやられていると告げた。

「馬鹿な、我ら馬廻りが……」

言われた藩士が馬の上で背筋を曲げ、後ろを振り向こうとした。

「はああ」

大きなため息を吐きながら、石動庫之介が跳び上がりざまに、その首を後ろから斬った。

「…………」

前団最後の一人も声なく死んだ。

「これが加賀を押さえる越前……」

石動庫之介があきれた。

「他人事ではございませぬがの。加賀もすでに七割は腑抜けでござる」

刑部が小さく首を振った。

「後ろはよいのか」

加勢に行かなくても大丈夫かと石動庫之介が訊いた。

「行かれては困りまする。全滅しては城下へ急を報す者がいなくなりましょう」

「そうでござったな。我らの役目はあくまでも目立つこと」

刑部の答えに、石動庫之介がうなずいた。

「引けっ。手勢を率いて戻るぞ」

残りの二騎が慌てて逃げ出した。

「まずは一段落でござる」

刑部が肩の力を抜いた。

「しかし、刑部どの、我々の援護に軒猿衆を二人も、よろしかったのでござるか。主君のほうは……」

石動庫之介が懸念を口にした。

琴の行列に男は数馬を入れて五人、駕籠のなかで匿われている数馬は実質いないも同じになる。

「女軒猿が六人付いておりまする。藩士の三十や四十ならば問題ありませぬ」

刑部が保証した。

「ならばよろしいのだが……」

陽動が任とわかってはいる。それでも石動庫之介は数馬のことを案じ、遠くの空を見つめた。

二

本多大全の指図を受けて、琴の行列を越前松平家の藩士たちが追った。

「愚かな」

藩主松平綱昌を怒らせたため屋敷で身を慎んでいるとはいえ、結城外記は次席家老として藩内に大きな勢力を持っている。いわば結城派閥ともいうべきものだが、そこに属している藩士たちから結城外記は居ながらにして、状況を把握していた。

「加賀藩宿老本多家の姫を足留めせよと本多大全が命じ、先手組(さきてぐみ)が出ましてございまする」

つい今しがた飛びこんできた報せに、結城外記はあきれた。

「出るなと伝えよ」

結城外記が派閥に属している者だけでも助けようとした。

「まちがいなく、当家に非がある。たしかに城中で加賀藩の使者は太刀を抜いたが、それは襲われたからであって、非難に値せぬ」

武士は戦う者である。主君から命じられたとき以外、自衛のために太刀を振るうのは当たり前とされている。事実、野盗や辻斬りに遭ったとき、太刀を抜いていれば、たとえ斬り殺されようとも抵抗したとして、家名断絶にはならない。が、命を惜しんで身ぐるみを剝がれ、生き残った場合は、まず放逐される。

相手が将軍一門であろうとも、黙って斬られる義理はなかった。

「城中で討ち果たせなかった段階で、こちらの負けは決まっている。あとは、どうやって加賀と交渉するかだけだというに」

結城外記が苦い顔をした。

「これで本多大全は没落するだろうが、その代償は大きいぞ。どれほどの譲歩を加賀から求められるか」

今回のことを幕府へ届けられれば、越前松平家は罪を受ける。一門ということで減封は喰らっても家名は残るだろうが、少なくとも綱昌は隠居になる。

「加賀は訴えまい」

結城外記は確信していた。

「それは……」

報せに来た藩士が驚いた。

「簡単なことだ。越前松平家を訴えたところで、加賀の前田家には一文の利益も入らぬ。どころか、将軍一門に傷を付けたとして、幕府から睨まれるだけだ」

あきらかに越前松平が悪かろうが、神君家康公の血を引く名門なのだ。幕府にとって神君家康は絶対、表だって加賀藩前田家へ咎を与えるわけにはいかないが、ことが風化したころに報復はある。まったく関係のない風を装って、加賀藩前田家に幕府は意趣返しをしてくる。

「こちらは藩存亡の危機、向こうは将来の禍根。どちらにとっても幕府を巻きこむのはまずい。となれば、互いの交渉で話を収めることになる」

「なるほど」

藩士が納得した。

「当然、こちらに非がある。徳川の一門だぞと言ったところで、相手は百万石、引きはせぬ。金でなんとかことをすませようと考えていたが、北前船の運航にまで言及してきているのだ」

結城外記は加賀藩の使者と本多大全の遣り取りを知っていた。

「そこに今回の馬鹿だ。どれほどの負債になるやら、想像もつかぬ」

力なく結城外記が、首を左右に振った。

「留守居役に頼むしかないな」

結城外記が大きく息を吐いた。

「誰ぞを江戸屋敷へやれ。江戸家老の水野兵部どのへ事情を話し、加賀藩との交渉を始めるように頼め」

「手配いたしまする」

結城外記の指図に藩士が首肯した。

城下外れに近づいた琴の行列を、越前松平家藩士たちが止めた。

「止まれ」

六尺棒を持った藩士が、前に出た。

「加賀藩筆頭宿老本多家縁の者である。届けは出ているはずだ」

供頭が行列を止めながら苦情を言った。

「真、本多家の行列かどうかを確かめねばならぬ」

六尺棒を持った藩士の後ろから出てきた壮年の藩士が、止めた理由を述べた。

「紋を見ればわかろう」

山城賀茂神社の神官の出とされる本多家の紋は立葵といい、徳川家の三つ葉葵とよく似ている。徳川家の三つ葉葵は、この立葵から派生したとされ、家康が天下を取った後、葵紋が禁じられるなか、本多家だけは別格として使用を許されており、誰が見てもすぐに本多家縁だとわかった。

「紋だけでは信用できぬ」

壮年の藩士が否定した。

これも正論であった。紋だけならばいくらでも偽造はできる。もちろん葵紋の使用など、ばれれば死罪になるだけにまずなかったが、絶対とは言い切れなかった。

「では、どうすればいい」

供頭が訊いた。

「駕籠のなかを拝見したい」

「それはならぬ」

壮年の藩士の要望を供頭が一言で拒んだ。

「本物ならば、問題なかろう」

「愚か者、姫さまの顔を、やたら男に見せられるわけなかろうが」

供頭が怒った。

高貴な身分の女は、身内、家臣以外にまず姿を見せなかった。姫の語源が秘めるだという説もあるように、身分高き女の顔が知られてしまえば、なにかあったときに困る。武家はいつ戦いで滅びを迎えるかわからない。いざ落城となったとき、男は枕を並べて討ち死にしても、女は生かして落とし、血脈を繋ぐようにする。そのとき、娘の顔が知られていれば、簡単に見つけ出されてしまう。

「ならば通せぬ」

壮年の藩士が両手を拡げた。

「ときを喰うつもりだぞ」

夏が呟いた。

「城からの指示が来るのだな」

楓が確認した。

「おそらくな。ここで足留めをし、城から藩士が援軍としてくるのを待つ」

夏が首肯した。

「城から誰が来ようとも、駕籠の扉は開かぬぞ」

同じ陪臣とはいえ、加賀の本多は五万石である。越前松平家の家老であろうとも、足下にも及ばない。

「左近衛権少将さまが出てくることは」

「むっ」

楓の危惧に夏が唸った。

もし、松平綱昌が駕籠を開けよと命じたら、さすがに断ることはできなかった。

「どうする。突破するか」

「…………」

問うた楓に、夏が黙った。

「ふふふふ」

外の状況を理解していながら、琴は楽しそうであった。

「…………」

「そんな不思議なものを見るような目で、わたくしをご覧になられませぬように」

何ともいえない表情の数馬の頬を振り向いた琴が突いた。

「いや、やけに楽しそうだな」

数馬が感嘆した。

「このようなことでもなければ、国境（くにざかい）をこえられませぬ」

琴が告げた。

「危機を楽しむというのは、どうかと思うぞ」

妻の危うい考えを数馬が優しくたしなめた。

「あなたさまと一緒におるのでございますよ。危ういわけなどございません」

琴が微笑んだ。

「夏、夏」

「はっ」

琴に呼ばれた夏が、駕籠脇に付いた。

「供頭と越前松平家の責任者をこれへ」

「ただちに」

命じられた夏が行列の前へと急いだ。

「ならぬ」

「通せぬ」

行列の前では供頭と壮年の藩士が同じ遣り取りを繰り返していた。

「供頭さま」

そこへ夏が近づいた。

「なんじゃ」

「姫さまがお召しでございまする」

問うた供頭に夏が答えた。

「今、参る」

「そちらの御仁も、ご一緒にと」

首肯した供頭越しに夏が壮年の藩士に告げた。

「拙者(せっしゃ)もでござるか」

「はい」

確かめた壮年の藩士に、夏がうなずいた。

「しかし、拙者は……」

壮年の藩士が二の足を踏んだ。

「おや、姫さまの顔を見せろと申していたのではないか」

供頭が突っこんだ。

「拝見しても、拙者はお顔を存じぬ」

「ほう、それでよくぞ、顔を見せねばならんと言えたものだ」

顔を逸らした壮年の藩士に、供頭があきれた。

「どうやら、問題はなくなったようですね。供頭さま」

「うむ。足並み始め」

夏に言われた供頭が、行列に進発の合図を出した。

「ま、待たれよ」

壮年の藩士が慌てたが、先ほどのような強硬さは消えていた。

「まだなにか」

「お顔の確認が……」

ぐっと迫った供頭に、壮年の藩士が逃げ腰になった。

「姫さまのお顔を存じている者はおるのか、そこに」

供頭が、壮年の藩士の配下たちを見た。

「………」

全員が沈黙した。

「今、お城より人を呼んでいる。その者ならば」

「嘘を吐くのをお止めなさい」

険しい声が駕籠のなかから響いた。

「妾の顔を知っている者など、ここにはおりませぬ。一度も来たことさえないのですから」

琴が扉を閉めたままで述べた。

「うっ……」

壮年の藩士が詰まった。

「妾の顔を知る者は、加賀前田家と紀州徳川家におるだけ。まさか、紀州から人を招くまで待てと言うつもりかえ」

「…………」

正論に壮年の藩士が黙った。

「参るぞ」

「はっ」

ふたたび行列が動き始めた。

「止めよ、止めよ」

壮年の藩士が六尺棒を持つ配下に命じた。

「……はっ」

慌てて配下たちが六尺棒を交差させて行く手を阻もうとした。

「無礼をなすならば構わぬ。討ち果たしや」

琴が許可を出した。

「承知」

「ご覧あれ」

供頭以下の本多家臣が太刀を抜いた。四名の本多家臣が殺気を放った。

「な、なにをする」

「刃向かうか」

六尺棒の配下たちがうろたえた。

「下がれ、下がれ」

壮年の藩士が慌てて配下を引かせた。

「よろしいのでございますか」

配下たちが壮年の藩士に詰め寄った。

「戦いになるぞ」

壮年の藩士が、配下たちを宥(なだ)めた。

「十分、足留めはした。戦えば、藩と藩の争いになる」

もともと行列を止める道理がない。壮年の藩士が配下を制した。

「……はい」

配下たちが六尺棒を戻し、道を空けた。

「納刀いたせ」

それを見て供頭が太刀を鞘へ戻し、本多家臣もしたがった。

ゆっくりと遠ざかる行列を見つめながら、配下の一人が壮年の藩士に嚙みついた。

「本多大全さまのお許しなく、なぜ行かせたのでござる」

「なら、そなたが止めてこい」

文句を言った配下に、壮年の藩士が返した。

「あのままならば、我らは全員死んだはずだ」

「それでも命は守らねばなりませぬ」

壮年の藩士の言葉を配下が否定した。

「殿でもない本多大全に命を懸けられるか」

「……なんということを。この顚末、本多大全さまにお報せいたしますぞ」

吐き捨てた壮年の藩士に配下が嚙みついた。

「好きにしろ」

壮年の藩士が手を振って配下の相手を止めた。

「おおい」

「やっとか」

走ってくる藩士たちを見て、壮年の藩士がため息を吐いた。

「行列は……」

「あそこに見えましょう」

問われた壮年の藩士が指さした。

「なぜ、通した」

「留め続けるだけの理由がございません」

増援の先手組組頭が怒鳴りつけるのを、平然と壮年の藩士は流した。

「そんなものいくらでも……」

「藩と藩の問題になりますぞ。藩庁へ届けを出し、通行に支障なしとの答えを出したのでございましょう」

「それは、本多大全さまのもとまで話が来なかったからだ」

通常、そういった遣り取りは家老の下で政の補佐をする中老あるいは用人(ようにん)がおこなう。組頭として番士を束ねるだけの本多大全には報されないのが普通であった。

「なにより相手はあの本多、どこで幕閣の方と繋がりがあるかわかりませぬ」

「…………」

先手組頭が黙った。

「急がなければ、見えなくなりますぞ」

面倒くさいと壮年の藩士が、行列を顎で示した。

「ええい、逃がすわけには参らぬ。そなたのことは戻って来てからじゃ。行くぞ」

先手組組頭が手を振った。

「おまえも行け」

壮年の藩士が先ほど反抗した配下を見た。

「えっ」

配下が驚いた。

「本多大全さまのご機嫌を取るのだろう。ここに残っては手柄が立てられぬぞ。まあ、生きて帰れればの話だがな」

「せ、拙者は、ここで関所の番をいたすのが役目でござる」

小さく笑う壮年の藩士に、配下が首を横に振った。

「そうか。では、拙者も本多大全さまに報告しよう。そなたが行列の追撃に参加しなかったことをな」

壮年の藩士が嘲笑した。

三

揺れる駕籠のなかで数馬は琴と話をしていた。

「強気すぎよう」

先ほどの討ち果たせを数馬がたしなめた。

「本多家の名前にかかわりまする。あのまま足留めを受けるなど、父の恥でございまする」

ああすべきであったと琴が断言した。

「それはそうであるがの」

「女は弱いものではございますが、決して敗者ではございません。女は愛しき男、大切な吾が子のためなら羅刹(らせつ)になるもの」

「何度も聞いたような気がするぞ」

数馬が笑った。

「何度でもお聞かせ申しまする。わたくしをただ守られているだけの女とお考えの間は、毎日でも」

「勘弁してくれ」

微笑む琴に、数馬は降参した。

「姫さま」

「どうかしましたか」

割りこんできた夏に、琴が問うた。

「後方より、越前松平の者、二十ほど」

簡潔に夏が報告した。

「追っ手だな」

数馬が表情を変えた。

「出るぞ」

「それはなりませぬ」

戦うと言った数馬を琴が止めた。

「甘く見るなとそなたは申したであろう。当然、吾(われ)も妻の裳裾(もすそ)にいつまでも匿われているほど情けなくはない」

　数馬が琴を抱き寄せた。

「夫を立てよ」

「金沢へ戻ってから、お説教いたしまする」

　耳元で囁(ささや)いた数馬に、琴が顔を寄せた。

「……行って来る」

「ご武運を」

　口づけをかわした夫婦が互いを見つめ合った。

「夏、駕籠を止めよ」

「止まれとの仰(おお)せじゃ」

　行列は急に止まれない。駕籠だけが止まっては、隊列が乱れる。

「おう」

　供頭が応じ、数歩動いたところで駕籠が下ろされた。

「扉を開けよ、旦那さまが出られる」

「ただちに」

　続けた琴の指示に、夏が従った。

「…………」

素早く身を前に傾けた琴の下から、数馬が出た。

「お差し料をお返しいたしまする」

夏が数馬の両刀を用意していた。

「かたじけない」

数馬が礼を述べた。夏は佐奈と違い、瀬能家の奉公人ではなく、本多家の女中なのだ。扱いには相応の気遣いが要った。

「琴を頼みます」

供頭へ数馬が頭を垂れた。

「お任せを」

強い眼差しで供頭がうなずいた。

「……心得のない連中だ。足並みが揃っておらぬ。早い者が単騎駆けになっているわ」

走り寄ってくる越前松平の藩士を見て、数馬があきれた。

「瀬能数馬、参る」

妻の目の前である。夫としては格好を付けたい。普段なら言わない台詞を口にして、数馬が駆けた。

「ふふふ、子供のようなお方」

駕籠のなかで笑った琴が、表情を消した。

「夏、旦那さまに傷を負わせることは許しませぬ」

「承知。出るぞ、楓、杉」

厳しく言われた夏が同僚に声をかけて、数馬の後を追った。

「おう」

「承知」

女軒猿の二人が応じた。

「姫さま」

素早く女軒猿の抜けた穴を塞いだ供頭が琴へ声をかけた。

「どうかしましたか」

「瀬能さまをお出ししてよろしかったのでしょうか。顔を見られてはまずいのでは」

発言を促した琴に、供頭が告げた。

「すべての者を仕留めればいいのです。見ていた者がなければ、なにもなかったも同じ」

琴があっさりと口にした。

「あやつらは行列を追って来たようでございまする。全滅すれば我らが疑われましょう」

供頭が危惧した。

「今ごろ、父か殿が手を打っておられましょう。加賀の前田にしても越前松平にしても、このことは表沙汰(おもてざた)にできませぬ。戦って勝ってしまえば、すむこと」

琴が一度間を空けた。

「なにより、吾が夫の命を狙った者に、慈悲など不要」

「はっ」

冷たく言い捨てた琴へ、供頭が姿勢を正した。

真っ先に飛び出した数馬を、夏と楓が抜いた。

「お先に」

「ご無礼を」

一言断った二人の女軒猿が、ばらばらに近づいてくる越前松平藩士へと突っこんだ。

「お、女」

「なぜに、女中が」

越前松平藩士たちがうろたえた。見た目は若い乙女が、馬よりも早い足で向かって来ているのだ。困惑して当然ではあったが、それは大きな隙になった。

「邪魔だ」

「愚か者ども」

夏が逆手に握った懐刀を小さく閃かせて越前松平藩士の首を裂き、楓が手裏剣でその隣の藩士の目を突いた。

「手裏剣は高いのでな、そなたらていどで使い捨てにはできぬ」

楓が続けてその奥にいた三人目の喉を貫いた。

急所をやられた三人が声もなく死んだ。

「こやつらっ、忍か」

後ろに続いていた越前松平藩士たちが足を止めて、迎撃の態勢を取った。

「油断するな」

「互いに味方をかばい合え」

先手組は戦場での武を見せつけるのが役目である。戦がなくなって久しいとはいえ、一通りの修練は積んでいる。

残った越前松平藩士たちが、陣形を取り始めた。

「遅いわ」

夏が帯の隙間から棒手裏剣を出して、続けさまに撃った。

「ぎゃ」

「ぐわああ」

胸と顔を貫かれた二人の藩士が転がった。

「手裏剣じゃ。太刀を青眼に構え、飛来した手裏剣を打ち払え」

組頭が藩士たちへ指示を出した。

「もったいないことをする」

手裏剣は高いと言った楓が、夏の攻撃を非難した。

「…………」

気まずかったのか、夏が無言になった。

「おうりゃあ」

女軒猿の二人に気を奪われている越前松平藩士たちへ、数馬が突撃した。手にしていた太刀を大きく薙いだ。

「うわっ」

「ぎゃあ」

一人目はかろうじて避けたが、もう一人は腹を割かれて絶叫した。

「かはっ」

避けた一人目の首に手裏剣が刺さっていた。

「もったいないなどと言っていていいのですか。手裏剣を惜しんで瀬能さまに傷でもついたら……」

「姫さまがお怒りになる」

「…………」

数馬の後ろに付いていた杉が、夏と楓を叱り、二人の顔色が変わった。

「やるぞ」

「ああ」

夏と楓が顔を見合わせた。

「囲め、相手は女を入れて四人だ。こちらはまだ十人以上いる」

組頭が指図した。

「はっ」

「拡がれ」

越前松平藩士たちが数馬たちを包みこむように動いた。

「杉、瀬能さまは任せた。楓、左を」

「承知」

「安心いたせ」

夏の指示に杉と楓がうなずいた。

「警戒せよ」

組頭が注意を喚起した。

「……………」

駆けてきた勢いのまま数馬が突っこんだ。数馬はいきなり奥にいる組頭を狙った。

「止めよ」

「はっ」

「慮外者が」

組頭が血相を変え、二人の越前松平藩士が太刀を振りかぶって数馬へと襲いかかった。

「胴ががら空きだ」

数馬が右手に下げていた太刀を、片手で突きだした。

「えっ……」

両手で支えた太刀を上段に構えていた若い藩士が、己の腹を突き抜いた白刃に呆然となった。

「くらえっ」

もう一人の藩士はかなり遣えるようであった。数馬の太刀が同僚の腹で止められている隙を逃さず、太刀をたたき付けてきた。

「甘いわ」

多人数を相手するときの心得は、動きを止めないことこそ肝要である。端から太刀を一度捨てるつもりだった数馬は、太刀の柄から手を放すなり、脇差を抜き放った。

「ぬん」

腰を落としながら、抜いた脇差で斬りかかってきた藩士の太股を払った。

「なんだ」

足は切られた瞬間、筋が緊張する。出血を抑えるために身体が無意識に反応してしまうのだが、踏み出そうとした足が強ばってしまっては体勢を維持できなくなる。

状況を理解できず固まった藩士へ、数馬は遠慮なく脇差を刺しこんだ。

「あっあああああ」

下腹に脇差を生やした藩士が泣き声をあげた。腹を刺されては助からない。傷口から膿み始め、何日ももがき苦しんで死ぬことになる。

「ば、馬鹿な。誰ぞ、来い」

二人の警固を倒された組頭が、一歩後ろへ下がりながら、配下たちを招こうとした。

「無理なようだな」

数馬が笑った。

「三人の女軒猿を十人ていどの侍で押さえきれるものか」

すでに夏と楓は、それぞれ二人ずつを倒していた。

「あわわわ」

「……っ」

右を見ても左を見ても仲間の死体が転がっている。女軒猿のすさまじさに、越前松平藩士たちは呑まれていた。

「あり得ぬ。我らは大坂の陣で城一番乗りを果たした松平越前守忠直さまの伝統を受け継ぐ武勇で鳴らした先手組ぞ。越前松平で知られた豪の者……」

信じられないと首を横に振った組頭が、数馬の間合いに入っていることに気付いた。

「ま、待て。儂を殺すと藩が黙っておらぬぞ。加賀の前田家が咎めを受けることになる」

組頭が数馬を制しようとした。

「どうやって吾が手を下したとわかるのだ」

不思議そうな顔で数馬が問うた。

「なにを言っている。皆が見ている……」

ふたたび配下たちを見た組頭が絶句した。

組頭の前で最後の一人が夏の懐刀を受けて崩れ落ちた。

「見ている者がいなくなったな」

数馬が告げた。

「わ、儂がいる。そうだ、儂を生かしてくれたら、藩庁に言って、加賀藩との仲を回復するように……」

「瀬能さま、太刀を」

必死で命乞いをする組頭を遮(さえぎ)って、杉が数馬の太刀を手渡した。

「助かる。これを頼む」

脇差を杉へ預け、数馬は太刀を握りしめた。

「…………」

脇差から太刀へのわずかな移行とはいえ、一瞬数馬の体勢が乱れた。

「くらえっ」

追い詰められた組頭が、居合いで数馬に斬りつけた。

「……おう」

敵の目の前で武器の交換をする。当たり前だが策である。警戒は十分しているうえに、数馬の太刀はすでに手のうちにある。一撃がどれほど早くとも、合わせるくらいは容易であった。

「ちぃい」

一刀で仕留められなかった組頭が舌打ちをした。

「卑怯とは言わぬから、安心しろ」

命乞いをしながら、油断を見すまして斬りつける。その行為を数馬は認めた。

「戦場だからな。生きて帰った者が正しい。どのようなことをしても生きていなければ、意味がない。死んだらすべてを押しつけられて、名前も地に落ちる」

組頭の太刀を押し返しながら、数馬が語った。

「なんの」

鍔迫り合いでは、押し負けたほうが死ぬ。組頭が顔を赤くして押し返そうとした。

「わかっているのか」

「なにがだ」

数馬の問いに、組頭が応じた。

「お前は一人だが、我らは四人だということを」

女軒猿があと三人いるぞと数馬が告げた。

「……ひ、卑怯な」

言われた組頭がまたも悲鳴をあげた。

悲鳴をあげるというのは、怯えると同義であった。そして怯えは腰を引かす。鍔迫り合いは間合いのない戦いである。一歩引けば、それだけ死に近づくのが鍔迫り合い、全力で相手を押し切るしかないときに、腰が引けては終わりであった。

軽くなった組頭の抵抗を、数馬は太刀に体重をこめて押し払った。

「わああ」

太刀ごと後ろへ飛ばされた組頭に抵抗の術はもうなかった。

「…………」

「……あくっ」

無言で数馬が撃った袈裟懸けを組頭は喰らい、即死した。

「終わりましてございまする」

夏が数馬に敵の全滅を告げた。

「助かった」

数馬は太刀を懐紙で拭いながら、礼を述べた。

「いえ。お見事でございました」

脇差を捧げ持った杉が、数馬の動きを称賛した。

「あまりうれしいことではないがの。戦いなれるというのは」

受け取った脇差を手入れしながら、数馬が寂しそうな顔をした。

四

追っ手を殲滅した数馬たちは、後をどうするかを話し合っていた。

「このまま京へ向かい、そこから江戸に帰るというのが、父の考えでございまする」

琴が伝えた。

「なるほど、それがもっともよいな」

数馬も納得した。

ここから金沢へ戻るとなれば、越前松平の藩内を通るか、少し東へずれて飛騨（ひだ）を縦断して、越後（えちご）を経由するかのどちらかになる。

そもそも数馬は江戸詰め留守居役である。今回、参勤留守居役として帰国したが、来年綱紀がふたたび参勤交代で出府するのを待たず、江戸へ戻ることは決まっていた。

「では、そのように」

うなずいた琴が駕籠へと入った。

「お乗りになりませんので」

駕籠のなかから琴が訊いた。

「狭すぎる」

数馬は首をすくめて駕籠に乗るのは、辛すぎると首を左右に振った。

「大きな駕籠を作らせましょう」

「止めてくれ。駕籠はもう懲（こ）りた」

琴の言葉に、数馬は辟易（へきえき）した顔で告げた。

城下の関所を守っていた壮年の藩士が、小さくため息を吐いた。

「全滅だな」

「どういうことだ、番頭」

本多大全に飼われている藩士が、関所番頭を務める壮年の藩士の独り言を聞き咎めた。

「先手組が戻って来てないだろう。そろそろ半刻（約一時間）になる。勝ったにせよ、負けたにせよ、一人や二人、帰ってきてもおかしくはないはずだ」

「…………」

関所番頭に言われて、藩士が黙った。

「全滅はあるまい。先手組が二十名もいたのだぞ。あの行列で戦える男は四人、どれほど腕が立とうとも……」

「なら、見てくるがいい」

反論した藩士に関所番頭が返した。

「……一人でか」

「一緒に行くという者がいるならば、連れて行っていい」

関所番頭が許可した。

「誰ぞ、一緒に行かぬか」

藩士が関所番たちを誘った。

「拙者は御免蒙ろう」

「わたくしも、関所番でござれば、ここを離れるわけには参りませぬ」

関所番のなかでも経験深い歳嵩の藩士たちが拒絶した。

「行くぞ」

一人の若い関所番が手をあげた。

「おお、来てくれるか」

本多大全に近い藩士が喜んだ。

「いつまでも関所番で終わりたくはないからだ」

若い関所番が本多大全の引きを期待すると言った。

「任せろ。しっかりとやってくれれば、本多大全さまにお願いをしてやる」

藩士が保証した。

「ならば、吾も」

もう一人若い関所番が名乗りをあげた。

「そこまでだ」

関所番頭が手を叩いた。

「これ以上減っては、役目が果たせぬでな」

「……しかたあるまい。行くぞ」

理由を述べた関所番頭に、苦い顔をした藩士が二人の若い関所番を促した。

「番頭どのよ。よかったのか、行かせて」

最初に拒否した歳嵩の関所番が口を開いた。

「止められまいが。あやつは本多大全さまの威を借りておるからの」

関所番頭が応じた。

「本多大全さまのなさりたいことがわからぬわ」

歳嵩の関所番が首を横に振った。

「まだ世のなかが、乱世だとお思いなのだろうな。力で勝てば、すべてはうまくいくとの」

関所番頭が嘆息した。

「どちらにせよ、我らにはかかわりないことだ。この泰平の世で戦が起こるわけなどないのだからな。さあ、やることなどほとんどないが、交代まで真面目に役目を果たすぞ」

仕事に戻るぞと関所番頭が皆の尻を叩いた。

関所は本来胡乱な者を見つけ、捕縛するためにある。かつては通る者すべてを止めて、調べていたが、そのようなまねをしていては、人やものの流れが止まってしまう。今の関所番は、ほとんどの者をそのまま通し、怪しいとか手配書に載っている者とかを調べるか捕縛するかであった。

「行け」

「止まるな」

町人たちを追いたてていた関所番の目に、出ていった者たちが映った。

「戻って来たか。どうであった」

関所番小屋の前で、通行人を見張っていた歳嵩の関所番が若い同僚に声をかけた。

「…………」

問われたとわかっていながら、若い関所番は口を開かなかった。

「顔色が悪いぞ」

歳嵩の関所番が気遣った。

「うげえええ」

途端に若い関所番が嘔吐(おうと)した。

「どうした、なにがあった」

騒ぎに関所番頭が飛び出し、状況を見て理解した。

「あやつは」

若い関所番二人は帰還していたが、本多大全に近い藩士の姿はなかった。

「わ、わかりませせぬ。死体を見つけたあたりで、ど、どこかへ行かれてしまったので」

吐き気を我慢しながら若い関所番が答えた。

「お城に報告してくる。悪いがしばらく頼む」

聞いた関所番頭が走り出した。

福井城は大騒ぎになっていた。

「追っていった八人の馬廻りがやられただと」

「忍が加わったらしい」

「九頭竜川沿いだとすれば、今ごろは川を渡られていよう」

口々に藩士たちが勝手なことを言い合っていた。

「鎮(しず)まれ」

苦い顔をした本多大全が怒鳴りつけた。

「まったく情けないにもほどがあるぞ」

本多大全が生き延びて報告した馬廻りを睨みつけた。

「ご注進、ご注進」

鳩首している大広間に門番足軽が飛びこんできた。

「騒々しい。なんだ」

不機嫌な顔で本多大全が門番足軽を見た。

「ご城下関所番頭佐久間さま、ご報告をとお見えでございまする」

門番足軽が用件を告げた。

「佐久間がか……通せ」

端から批判的な佐久間の名前に、本多大全が嫌そうな顔をしたが、報告を受けないわけにはいかなかった。

「……関所番頭佐久間一学でござる」

大広間に入ってきた関所番頭が、襖際に座って名前を告げた。

「なにがあった」

本多大全が挨拶を無視して急かした。

「先手組、壊滅いたしましてございまする」

「…………」

淡々と言った佐久間一学に、大広間にいた全員が声を失った。

「壊滅……と申したか」

「申しましてござる」

本多大全の確認に、はっきりと佐久間一学が首肯した。

「一人も生き残りはおらぬと」

大広間にいた別の藩士がもう一度確かめるように、佐久間一学を見た。

「そんなはずはない。先手組が二十名もいて……」

「偽りを申すな」

「事実でござる」

厳しい反発を受けたが、佐久間一学は感情を押し殺してまちがいないと宣した。

「行列はどうなった」

本多大全が問うた。

「わかりませぬ」

佐久間一学が首を左右に振った。

「なにをしている。後を追わぬか」

「わたくしどもは関所番でござる。城下へ入る不審な者を防ぐのが役目。出ていった者は担当外でござる」

叱った本多大全に堂々と佐久間一学が言い返した。

「加賀藩の行列を足留めせよと命じたはずだ」

「できるだけはいたしましたが、関所番に他藩の行列を留め置けるだけの権はございませぬ」

「この本多大全が、組頭の儂が出した指図を無視したのか」

本多大全が怒鳴った。

「組頭どのには、関所番の任を変えることはできませぬ。せめて中老以上でなくば」

佐久間一学が基本を口にした。

「儂は今や越前松平の執政同然だぞ」

「同然でござって、そうなられたわけではございませぬ」

本多大全に合わせて佐久間一学が大声を出した。

「ええい、うるさい」

いきなり襖が引き開けられ、松平左近衛権少将綱昌が現れた。

「まったく、朝から集まって、騒いでおるのだ」

綱昌が一同を睥睨(へいげい)した。

「殿」

佐久間一学から目を移して、本多大全が手を突いた。

「大全か。なにをしている」

綱昌が問うた。

「加賀藩前田家の宿老本多政長の姫が、城下を通られましただけでございまする」

さすがに勝手に藩士を動かし、馬廻りと先手組から二十人をこえる被害を出したとは言えない。平然と本多大全がごまかした。

「加賀の本多……佐渡守の曾孫娘か」

「さようでございまする。京の四条(しじょう)家へ箏(こと)の免状をもらいにいくとかで」

「美形か」

「駕籠のなかをあらためるわけには参りませず……ただ、加賀守どのの継室にという話もあったやに聞きまする」

訊いた綱昌に、本多大全が噂(うわさ)を語った。

「ほう、加賀守どのの……それは興がのるの」

綱昌が唇をゆがめた。

「その女が京へ行くなど許されるのか」

名家の姫は嫁入り以外で遠出することはまずなかった。

「嫁入り前の挨拶ではございませぬか」

綱昌の疑問に本多大全が推測を述べた。

「嫁入り……加賀守どのの継室になる。名君として名高い百万石の主加賀守の女……」

徐々に綱昌の様子がおかしくなっていった。

「越前の太守にふさわしくないと言われた余に比して……」

綱昌は先日、一門の松平若狭守の家老津田修理亮から、藩主として力不足なのでより血筋が本流に近いが領地なく一万俵の捨て扶持で泣いている松平備中守直堅へ家督を譲り隠居しろと言われて以来、常軌を逸した行動が増えていた。

「そなたたちなれば無理であっても、余ならば問題ないな」

「殿にお目通り叶うとあれば、名誉なことと感激いたしましょう」

薄ら笑いを浮かべた綱昌を本多大全がさらに煽った。

「のう、大全。まだその女は加賀守のもとへは上がっておらぬのだな」

「はい。奥へ入ったならば、親の死に目にも会えぬのが決まりでございまする。京へ旅するなどとてもとても」

「では、余が召しあげても」

「神君家康さまのお血筋であられる殿のご寵愛を受けるは、女として冥加、いえ、名誉の極みでございまする」

本多大全が綱昌の望む答えを放った。

「どれ、加賀守どのご執心の女を攫ってくるとしよう」

いつの間にか、琴は綱紀の継室に決まっていると綱昌のなかで変化していた。

「駕籠では間に合わぬ。馬じゃ、馬引けい」

綱昌が大声を出しながら玄関へと向かっていった。

「本多どの、お止めせねば」

関所番頭佐久間一学が顔色を変えた。綱紀縁の女に綱昌が手を出すなど、大問題になる。

「手打ちができなくなりますぞ」

男は己の女に手出しをされたとき、激怒して前後を考えなくなる。それこそ、前田家から兵が出ても、幕府へ訴えても不思議ではない。穏便な和解など望めなくなった。

「それがどうした」

本多大全が笑った。

「いかに加賀の本多とはいえ、殿にはなにもできぬ。もし、殿を傷つけでもしたら、加賀藩が吹き飛ぶからな」

将軍一門を怪我させたとなれば、幕府も黙ってはいない。少なくとも綱紀は隠居、加賀藩は領地半減くらいにはなる。

「行列も殿相手にはなにもできず、大人しく女を差し出す以外に方法はない」

「それこそ、こちらが咎めを受けますぞ」

佐久間一学が嚙みついた。

「加賀守さまの室だというならば、当方が咎められよう。しかし、旅をしているというのが、まだ奥へあがっていないという証拠。いわば、ただの女じゃ。ただの女を殿が見そめて、女が受け入れたとあれば、なんの問題もない」

「そんな話が通るわけない。きさま、藩を潰す気か。加賀藩が、いや、本多が黙っておらぬぞ。あの堂々たる隠密を敵に回して、無事でいられるわけなどない」

嘯く本多大全を佐久間一学が怒鳴りつけた。

「潰れるのは加賀で、当家ではない。堂々たる隠密、笑わせるな。二代にわたって加賀にいながら、前田を潰すことさえできぬ。そのていどでしかない輩など敵ではないわ」

本多大全が本多政長を嘲弄した。

「ふふふ、当家は加賀への挑発に成功した手柄をもって上様よりご褒美を賜るのだ」

「話にならぬ。殿をお止めせねば……」

佐久間一学が本多大全の相手を止めて、綱昌の後を追おうとした。

「取り押さえろ。殿の邪魔をさせるな」

「はっ」

本多大全の指示で、藩士たちが佐久間一学を押さえた。

「奸物め」

佐久間一学が本多大全を睨みつけた。

「燕雀安んぞ鴻鵠の志を知らんやとは、きさまのことだ。やはり関所番ていどでは、儂が策の素晴らしさがわからぬようだ」

本多大全が佐久間一学を哀れんだ。

「殿が女を連れてお戻りになったら、ただちに加賀の本多家へ使者を出す。娘は殿の側室に選ばれたとな。いや、儂が行けぬのが残念じゃ。そのときの本多政長が面(つら)、見てみたいものよな」

楽しそうに本多大全が笑った。

第四章　街道の応答

一

江戸と金沢を加賀藩前田家自慢の足軽継は二昼夜で駆ける。これは大きな宿場ごとに足軽を常駐させ、交代で走ることで為し遂げられる。当然ながら、足軽継は緊急の場合だけにしか使われない。まさに加賀藩の命綱であった。

その足軽継には及ばなかったが、加賀本多家の江戸屋敷を出た使者黒部は、三日目の早朝、金沢へ入った。出発したのが、昼過ぎであったことを考えれば、とてつもない速度である。

「……これを」

足軽継のように交代なく走り続けた黒部は倒れこみながら、江戸屋敷からの報せを本多政長に渡した。

「ご苦労であった。湯を沸かしてやるゆえ、まずは疲れを休めよ」

本多政長が黒部をねぎらった。

「……登城する」

己のなかで状況を整理、まとめあげた本多政長が綱紀のもとへ行くと告げた。

参勤交代で国元に帰った藩主は、気を遣う江戸とは違うのんびりとした生活を送っていると思われがちだが、そうではなく、一年留守にしていた間の政務に多忙を極める。

「どうした、早くから会いたいなどと」

表御殿御座の間で山積みにされた資料を読んでいた綱紀が、本多政長を迎えた。

「ご多用のところ畏れ入りまする。私用なれど、お知らせすべきと考え、お目通りを願いましてございまする」

まず本多政長が詫びた。

「私用……どうした」

公私の区別をはっきりさせる本多政長の言葉に綱紀が怪訝な顔をした。

「これを御披見いただきたく」

本多政長が書きあげたばかりの書状を綱紀に渡した。話をするより読んでもらうほうが、聞き耳をたてられず、外に漏れにくい。

「……一同、遠慮せい」

書状を読み終えた綱紀が、他人払いを命じた。

政務を執る綱紀の側には、小姓を始め多くの藩士が詰めている。墨を磨るだけの坊主まで含めると十人からがいた。

「……やっとか」

全員が御座の間を出ていくまで、綱紀も本多政長も黙っていた。

「畏れ入りまする」

本多政長が綱紀に手間をかけたことに礼を述べた。

「将軍から直接の召喚を陪臣が受けた。それも徳川家と縁の深い本多家にだぞ。こんな話、他の者に聞かせられるか。喜んで騒ぎたてる馬鹿が雲霞のごとく湧くわ」

綱紀が書状をもう一度読み直した。

「爺、どう思う」

「加賀藩に楔を打ちこみたいのと、わたくしをどうにかしようというところでしょう」

訊かれた本多政長が答えた。

「楔はわかるが、爺をどうにかできるとは思えぬぞ」

綱紀が首を横に振った。

「さすがに謀殺とはなりませんでしょうが、足留めはできましょう」

「足留め……江戸へ留め置くというか」

本多政長の応答に綱紀が嘆息した。

「江戸で務めよと言われれば、わたくしは拒めませぬ」

「余も拒否できぬな」

将軍綱吉が、本多政長に江戸常駐を命じたら、本人はもとより、主君である綱紀も従わざるを得なかった。

「それですめばよいが……」

「注意すべきは直臣格上げでございますな」

綱紀の懸念を本多政長が述べた。

直臣格上げとは、陪臣を将軍が直接召し抱えるもので、名誉とされている。かつて豊臣秀吉が上杉景勝の寵臣直江兼続に直臣格上げを持ちかけ、断られた話は有名である。だからといって、拒否ができると考えるのはまずかった。譜代の家臣が少なかった豊臣秀吉は、直江兼続だけでなく、立花宗茂、片倉小十郎など目に付いた者に片端から、直臣格上げを口にした。数をこなせば、どうしても価値は下がる。また、乱世の息吹を残したときだったというのもあり、主君を替えるのが当たり前であったというのもあり、断られたところで、多少の騒ぎにはなっても問題にはならなかった。

もちろん、豊臣秀吉の気さくな人柄というのもあった。

しかし、今は徳川の世も五代を数える。天下の主は徳川家になった。将軍は絶対の権威を持つ。徳川家からの求めを拒むことは、できなくなった。

「とくに爺は、徳川に縁が深い」

「恩もなにもありませんが」

本多佐渡守正信の次男だった本多政長の父政重は、徳川が天下を取る前に退身している。その後本多家は宇喜多や福島、上杉などに仕え、関ヶ原の合戦の後前田家に仕官した。

「血筋は逃げられんぞ」

綱紀が難しい顔をした。

家康の謀臣として天下取りを支えた本多佐渡守の孫となれば、徳川家へ籍替えをしてもおかしくはない。どころか、当然だと受け取られる。

「長兄の血筋が途絶えてしまいましたのが、痛いところで」

本多政長が嘆息した。

本多佐渡守の嫡男上野介正純は、二代将軍秀忠と折り合いが悪く、将軍を害そうとしたとの疑いを受け、流罪となった。不幸なことに正純には男子一人しかおらず、その嫡男正勝も子なくして流刑地の秋田で死去してしまい、佐渡守の嫡流は途絶えた。

「徳川に功績ある本多佐渡守の名前を残せと言われれば、断れぬな」

「……はい」

先祖の功績で生きている武士にとって、家の再興は義務であった。苦い顔で本多政長が綱紀の意見を認めた。

「上様のお考えではないな」

「どのようなお方でございましょう」

綱紀の呟きを否定せず、本多政長は綱吉の人柄を問うた。

「善くも悪くも、御輿のお方じゃ」

「他人に担がれるお方だと。やれやれ、己なく、流されるお方が将軍では、手の打ちようが難しいですな」

本多政長が綱紀の比喩を確認した。

「身も蓋もないの、爺は」

遠慮ない言いかたに、綱紀があきれた。

「余もおらぬとき、どのように言われているやら」

綱紀がため息を吐いた。

「…………」

黙って本多政長が笑った。

「行って来い。まあ、止めるわけには行かぬが、爺と上様では十枚違うわ」

綱紀が手を振った。

「お許しをいただきありがとうございまする」

「ただし、余が国元におる間に戻って来い。まだ、金沢を直作に預けるのは心許ない」

一礼した本多政長に綱紀が命じた。

「そこで越前松平家をどうするかでございますが」

留守するとなれば、最大の懸念を片付けておくべきだと本多政長が話を変えた。

「落としどころが難しいの」

「引くことはできませぬ」

もともと越前松平から仕掛けて来たもので、数馬が藩士を何人か斬っていることは引目にはならない。狼を殴りにいって、噛みつかれたのと同じで、誰も同情してくれない。

噛みついた狼が悪いというのは、通らないのだ。

「まさか左近衛権少将の隠居を求めるわけにもいかぬしの」

大名としてもっとも重い責任の取りかたは、家督を譲ることになる。

「当たり前でございまする。そんな、当家にとって一文にもならぬ話は認めるわけには参りませぬ」

本多政長が反対した。

「だの。かといって領地を寄こせとはいかぬ。そんなまねは幕府が許さぬ」

大名の領土はすべて徳川家から与えられたものというのが、建て前になっている。加賀の前田家の場合は、織田信長に与えられ、豊臣秀吉に加増された領土を徳川家康に安堵されたもので、徳川家からもらったわけではないが、臣従した以上、取りあげられても文句は言えない。そんな領土を、損失の補塡として取りあげたり、損害賠償代わりに差し出すなどすれば、幕府の権威をないがしろにすることになった。

「金しかないの」

「さようでございますな」

二人がうなずき合った。

「どれほど取る」

「千両やそこらでは」

尋ねた綱紀に、本多政長が生半可な金額で妥協するわけにはいかないと言った。

「爺なら、いくらまでいける」

綱紀が質問した。

「五千両はいただきましょう」

「……いくらなんでも五千両は酷だろう」

聞いた綱紀が唖然とした。

五千両といえば、一万石の年収よりも多い。いかに五十万石の越前松平家とはいえ、五千両は大金であった。

「でございますか。藩を潰すよりは安いと思いますが」

平然と言う本多政長に、綱紀が引いた。

「孫がこれだ。本多佐渡守がどれほどのものか、怖ろしいわ」

「はて」

本多政長が首をかしげた。

「三千両が精一杯だぞ、余が言えるのは」

「いささか甘いと思いますが、まあ、いいでしょう」

綱紀の言葉を本多政長が認めた。

「では、越前松平のことお任せをいたしまする」

「その代わり、江戸を少し締めてくれ」

本多政長へ綱紀が頼んだ。

「横山玄位どのでございますか」

「うむ。どうもあやつがまともに動かぬ」

世襲制の江戸家老への不満を綱紀が漏らした。

「先日の足軽継のもたらした江戸屋敷襲来の件もそうだ。報せてきたのは江戸次席家老の村井であった。本来ならば、横山が報告をもたらさねばならぬ」

世襲とはいえ、江戸家老には違いない。当主が参勤で国元へ戻っている間は、江戸のすべてを差配しなければならない立場なのだ。その横山玄位が未だに襲撃について、金沢へ書状の一つも寄こしていなかった。

「襲撃自体はたいしたことではない。いや、死んだ者たちがいたことは許せぬ大事だが、幕府に突っこまれずにすむていどですんだのはたしかだ」

一度口にしたことを綱紀は反省した。

「よくぞ、大門を守りました」

本多政長も同意した。

「一報を現場にいて指揮をした村井が出したことはいい。だが、未だに横山からなにもないのは怠慢である。しっかりと調べを入れて、どのような原因でこうなったかなどを余に告げるのが江戸家老の仕事だろう。それができぬなど……」

「動けぬのかも知れませぬぞ」

「……動けぬ」

「いや、知らぬのかも」

怪訝な顔をした綱紀に、本多政長が述べた。

「蚊帳の外に置かれていると申すか」

綱紀が目を大きくした。

「横山は二万七千石でござる。家臣だけでも百以上はおりましょう。己の耳目など使うことなどありますまい。子供のときから、すべては家臣が持って来るものと教えこまれていれば、不思議とも思いますまい」

「むうう」

横山玄位は延宝七年（一六七九）父の死を受けて、二十五歳で家督を継いだばかりである。

「家臣どもに侮られていると」

「侮られているのもございましょうが、おそらく幕臣へ昇格させたいと考えておる者の仕業かと」

綱紀の推測に本多政長が付け加えた。

「旗本の横山長次だな」

苦々しいといった表情で、綱紀が吐き捨てた。

横山長次は、横山家の初代横山長知の次男である。加賀前田家が謀叛を疑われたとき、徳川家との間を奔走し、無事に収めた功臣の長知だったが、そのときに次男長次を徳川家へ人質として出した。後、長知の功績を幕府も認め、長次に五千石を与えて旗本に列した。

五千石という旗本では名門中の名門となった横山長次は、本家が加賀藩の家老という陪臣であることを残念に思い、なんとかして横山を譜代大名へ格上げさせるべく動いていた。

「だが、あやつは酒井雅楽頭の笛に踊らされた傀儡であったろう」

五代将軍継承のごたごたに綱紀を巻きこんだのは、四代将軍家綱の大老酒井雅楽頭忠清であった。横山長次はその酒井雅楽頭の指示を受け、前田家の家中に騒動を起こそうとして、横山玄位をそそのかした。が、老中堀田備中守の妙手に破れ、酒井雅楽頭は自刃、横山長次は加賀藩前田家への出入りを禁じられた。

「人形遣いが死んでも、人形は遺りまする」

「新たな人形遣いか……面倒な」

本多政長の話に、綱紀が頬を引きつらせた。

「横山の功績は大きい」

豊臣秀吉が死に、前田利家がその後を追って、天下は一気に徳川へと傾いた。すでに前田家が豊臣の天下を支えられる状況ではなくなり、共倒れになるか、最初の生け贄として滅ぼされるかという危機を、横山長知が防いだ。もちろん、その手柄に前田家は、横山長知に二万七千石という譜代大名並の石高を与えて報いてはいる。

「そうそう横山を潰すわけにはいかぬ」

「もちろんでございまする」

本多政長もうなずいた。

「玄位の目隠しを取ってやってくれ」

「できるかぎりのことはいたしますが……最後は玄位どの次第でございまする」

頼む綱紀に、本多政長はできるとは言わなかった。

「世間を見るのは辛いからな」

「現実を知るのものきついでしょうな。今まで己が家臣たちに、一族によって、操られていたとわかるのでござれば」

「下手をすれば、若い者を駄目にするかも知れぬが……」

「加賀を守るためには、いたしかたございません」

二人が揃って小さな吐息を漏らした。

二

琴の行列は街道を目立たないように、ゆっくりとした女駕籠らしい速度で京へと向かっていた。

「夏、追う者はありませんか」

駕籠の扉を開け、数馬と話をしていた琴が問うた。

「はい、まったく」

夏が首を横に振った。

「みょうですね」

「なにがだ」

首をかしげた琴に数馬が尋ねた。

「追っ手がないのはまだしも、居場所を探る物見さえ来ないというのは……」

「全滅させたからではないのか」

琴の危惧に数馬は応じた。

「襲って来た者を全滅させたのは、旦那さまのことを隠すため。わたくしどもが追っ手を討ち果たしたことまで隠蔽できておりませぬ」

「関所番か」

「はい。関所番は、追っ手が出たのを知っておりまする。その追っ手が帰還しないとなれば、不審に思いましょう」

気付いた数馬に琴が首肯した。

「夏、物見を」

「ただちに」

琴の指示に、夏が風のように駆けていった。

「一人で……いや、軒猿に要らぬ心配であった」

数馬が首を左右に振った。

「まさに」

楓が答えた。

「夏の足ならば、先ほど戦ったところまで往復しても、小半刻（約三十分）もかかりますまい」

琴が安心していいと保証した。

軒猿はもともと上杉家の忍であった。関ヶ原で負け、徳川に降った上杉が独自の忍を抱えているのは、疑いを招くとして、直江兼続の娘婿であった本多政重のもとへ預けられた。

加賀藩に仕えているとはいえ、本多政重は謀臣本多佐渡守の実子には違いない。まだ、家康も本多佐渡守も存命であったこともあり、軒猿の移籍は問題にならなかった。やがて家康が、本多佐渡守が死んで、本家の本多は没落したが、その余波は陪臣に甘んじていた加賀の本多に及ばず、軒猿もそのまま抱え続けられた。

戦国最強をうたわれた上杉家の武勇を裏で支えた軒猿の実力はすさまじい。夏は他人目を避けるために街道を外れたが、木立(こだち)のなかを常と変わらぬ速さで走った。

「あれは……」

先ほどの戦場に着いた夏は、一人の越前松平藩士が呆然(ぼうぜん)としているのを見つけた。

「関所にいたな」

他人の顔を覚えるのも忍の技の一つになる。夏は呆然としている越前松平藩士が、関所にいたことを覚えていた。

「ならば、始末せずともよいか」

帯の間に隠した手裏剣(しゆりけん)に伸ばした右手を夏が戻した。

数馬の姿を見ていない者まで殺す意味はない。忍は余計なことをしない者でもある。

「……馬」

夏の耳が馬の近づく音を捕らえた。

「五騎、先頭は随分(ずいぶん)と身形(みなり)のよい者だな」

軒猿とはいえ、夏は琴に付いている。ほとんど金沢から出ない。顔だけで他藩の者の区別はつかなかった。

「なんだこれは」

馬上の立派な身形の侍が、惨憺たる有様に啞然とした。

「殿」

その声に呆然としていた越前松平藩士が顔をあげた。

「……尾形ではないか。なにがあった」

松平綱昌が問いただした。

「わかりませぬ。わたくしが参ったときには、この有様でございました」

尾形と呼ばれた越前松平藩士が答えた。

「この者どもは、吾が家臣どもか」

「先手組でございまする」

訊かれた尾形が述べた。

「……殿だと。あれが松平左近衛権少将さまか」

夏が驚いた。

「どうなっているのか、説明をいたせ」

綱昌が尾形に命じた。

「その場を見たわけではございませぬので、確実ではございませぬが……」

関所を琴の行列が出た後、先手組が追ったこと、先手組が帰ってこないので、様子を見に来たことなどを尾形が語った。

「その行列の者が、先手組を討ち果たしたと言うのだな」

「おそらく」

尾形があいまいに応じた。

「顔を見て、気に入れば奥へ連れて帰る気でいたが、それではすまされぬな。捕まえて加賀を追及する道具にせねばならぬ」

倒れているのは越前松平藩士ばかりなのだ。実力の差を見せつけられた綱昌が腹を立てた。

「行列を追うぞ」

馬の手綱を引いて、綱昌がいきりたった。

「お待ちを。このままでは街道を行き来できませぬ。今、片付けを。おい、尾形も手伝え」

さすがに藩士たちの死体を人通りのある街道に放置をしておくわけにはいかなかった。供してきた騎馬の越前松平藩士が綱昌を制した。

「うむ。先手組らしい死に様だ。丁重にいたせ」

綱昌が認めた。

「姫さまを捕まえるだと……」

耳をそばだてていた夏が、綱昌の言葉に憤った。

「見目麗しければ、閨に連れこむ。ふざけるな、おまえていどの男が姫さまの身に指一本触れることなどできぬわ」

夏が吐き捨てた。

「この場で仕留めてくれようか……いや、殺すのはいつでもできる。まずは報告をせねば」

すっと夏が消えた。

死体というのは重い。起きている人が怪我をしたから肩を貸す、背負うでもかなり力が要る。しかし、これは運ばれるほうも、少しでも楽に運べるようにと努力するからかなり負担が軽減されている。だが、死者はなにもできない。敵の死体ならば、ぞんざいに扱えても、同僚となれば、ていねいに扱う。

尾形を含めて五人の藩士で二十人の死体を街道脇へ除けるのに、かなりのときを喰った。

「お待たせをいたしましてございまする」

騎乗の藩士、そのまとめをしている男が綱昌へ告げた。

「ご苦労であった」

己が命じたことでもある。綱昌がねぎらった。

「尾形。そなたは城下へ戻り、死した者たちを運ぶ手配をいたせ」

「はっ」

馬がなく同行できない尾形に、綱昌が追加で指示を出した。

「よし、追うぞ」

綱昌が手を振り、馬の腹を蹴った。

本気の軒猿は、馬よりも早い。夏は目立つのも気にせず、障害のない街道筋を走って戻って来た。

「……でございまする」

「左近衛権少将さまが……愚かですね」

夏の報告を聞いた琴がため息を吐いた。

「いかがする。吾だけ隠れようか」

数馬と綱昌は、ほんの少しとはいえ顔を合わせ、話をしている。数馬の顔を覚えているかも知れなかった。

「いえ。行列が目的で、すでに旦那さまのことはどうでもよいようになりました」

琴が首を横に振った。

「片付けて、そのあたりに埋めてしまえば……」

よほど腹に据えかねているのか、夏が物騒な解決を提案した。

「落ち着きなさい。さすがに左近衛権少将さまをどうこうするのは、よろしくありません。当主の命は、藩の命でもありますから。それこそ死なば諸共で、加賀を巻きこみましょう、この騒動を起こした能なしの者が」

琴が夏を押さえた。

「では、国境をこえるまで走りますか」

供頭が提案した。

女軒猿が担ぐ駕籠は、人の走るよりも早い。

「目立ちすぎます。この駕籠には本多家の家紋が入っているのですよ。噂になってしまいましょう」

琴が首を横に振った。

女行列を追ったのが、越前の太守松平左近衛権少将綱昌だとなれば、噂好きの庶民が見過ごすはずもない。そしてその女駕籠を担いでいた女陸尺が、人とは思えない速さで走っていたとなれば、そこから本多家には上杉の忍軒猿衆がいたことを思い出す者も出てきかねなかった。

「ならば街道を外れ、潜みましょうか」

「いいえ。それでは国境を封じられたら動きにくくなりまする」

綱昌があきらめるまで、越前松平家の領内に留まらせられるのは、動きが後手になってしまう。

「では、どういたしましょう」

供頭が訊いた。

「履き物を」

「はっ」

夏が琴に草鞋を履かせた。

「多門、駕籠を破壊しなさい」

「な、なにを」

多門と呼ばれた供頭が啞然とした。

「駕籠を破壊し、そのあたりに撒き散らしなさい。できるだけわからないようにね」

「…………」

「夏、そなたはわたくしと、楓たちは多門たちと二、三人で組を作り、旅人を装いなさい」

困惑している多門をおいて、琴が残りの者に指図をした。

「旦那さま、あなたさまはわたくしと夫婦旅をお願いいたしまする。夏はその女中ということで」

「なるほど、行列をなくしてしまうのか」

数馬が琴の意図を理解した。

「はい。向こうが探しているのは女駕籠を擁した行列でございまする。旅人のなかに武家の姿が多少増えても、気にはしませぬ」

琴が説明した。

「よろしいのですか、御駕籠を」

多門が確認した。

漆塗りの女駕籠は、作るだけでかなりの日数と金額がかかる。それを当主である本多政長の許しもなく破壊することに、多門がためらった。

「どうせ、嫁にいけば駕籠に乗ることもありませぬ。そもそも、この駕籠はわたくしが紀州へ輿入れするときに、作っていただいたもの。もう使うこともないのです。潰したところで、父は怒りませぬ」

琴が断言した。

「はあ」

「急ぎますよ。余裕はありません」

まだ納得していない多門を促すように、琴が言った。

「はい」

女軒猿が駕籠を街道から外れた木立の奥へと運びこんだ。

「夏、これもどこかへ」

琴が身につけていた打掛を脱いだ。打掛は裾を引きずるほど長い。歩いての旅で身につけるものではなかった。

「お預かりをいたしまする」

受け取った夏が打掛を押しいただいて、木立へと入っていった。

「多門、いつまで呆けています」

琴が多門を叱った。

「失礼をいたしました。やるぞ」

多門が他の家士たちを連れて、駕籠を破壊しに行った。

「よかったのか、駕籠は高いだろうに」

庶民が使うような町駕籠でも、作るだけで十両以上する。内装に金箔を貼り、外を漆で塗り籠めにした大名駕籠ともなると数百両はかかった。

「越前松平家に弱みを握られることを思えば安いものでございまする」

琴は己が弱みになったことを認めていた。

「それに旦那さまが暴れられるのを防げまする」

じっと琴が数馬を見上げた。

「……たしかに、琴を連れ帰って手籠めにするなど許せるはずもない。たとえそれが松平左近衛権少将さまであってもな。さすがに斬りはしないが、殴りつけるくらいはするな」

数馬が認めた。

「女としてうれしいことですが、それはさすがに」

「相手に有利な状況を与えることになるか」

小さく数馬も吐息を漏らした。

他藩の家臣が大名に暴力を振るう。これが己の主人に対してであれば、謀叛扱いで九族族滅になる。しかし、他家だと話が変わる。主君ではないので、謀叛にはならないが、無罪放免とはいかず、文句を言われた家臣の主君が詫びを入れたうえで、当事者を切腹させることになる。主君に頭を下げさせるというのは、家臣としてもっともやってはいけないことであった。

「今、加賀は越前松平家に大きな貸しを作ったところ。十分なものを奪うまで、決して弱みを見せてはならぬのでございます」

琴が表情を引き締めた。

「終わりましてございまする」

多門が駕籠の破壊を終えたと告げた。

「ご苦労様でした。では、適当に金沢へ向かってください。どのような道順を取ってもかまいませせぬ」

「はっ」

多門たちがうなずいた。

「では、わたくしどもも参りましょう、旦那さま」

命を下した琴が、微笑(ほほえ)みながら数馬を促した。

「これをお使いくださいませ」

　夏が塗笠を数馬に差し出した。

「すまぬ」

　塗笠は武家が雨中を行くときに使ったもので、道中でも用いられた。横幅一尺二寸（約四十センチメートル）ほどで、円形をしており雨に耐えるよう漆が塗られていた。髷を結ったままでも被りやすいよう、中央部が突出しており、顔を隠せるほどの深さはないが、面体を見極めるには覗きこまなければならなかった。

「姫さまはこちらを」

　夏が市女笠を琴に渡した。

「ありがとう」

　琴が市女笠を被った。

　市女笠は菅を編んだもので、中央が突出した形をしており、日除け代わりの薄衣を周囲に垂らしている。もともとは市場へものを売りに行く女が使用していたが、雨のときなどに便利だとわかり、やがて身分ある公家へと拡がっていった。日除けの薄衣も、最初は貴人が面体を隠すために用いていたもので、今でも顔を見せたくない女たちは市女笠の周囲ほとんどに垂らしていた。

「どうされますか、旦那さま。京へ向かい、迂回してから加賀へ戻りましょうか、それとも来た道を戻り、城下だけを避けて金沢へ向かいまするか」

琴が尋ねた。

「今回の後始末もある。早めに戻りたいと思う」

「わかりましてございまする」

遠回りを避けたいという数馬に、琴が従った。

「参るぞ」

数馬が街道の左側へ身を寄せた。

太刀は左腰にある。抜き放った流れのまま一撃を喰らわせることのできる右側に敵を迎えるのが有利であり、心得のある武家は左側を通った。

「はい」

「お供いたしまする」

琴と夏が付き従った。

「お先に参りまする」

町娘に身形を変えた楓と杉が、数馬たちを追い抜いた。

「いつの間に……」

用意周到な二人に、数馬が驚いた。

「あれくらい、たいしたことではありませぬ」

なんでもないことだと夏が応じた。

「敵にまわしたくないな」

数馬が称賛した。

三

歩き慣れていない琴の歩みに合わせて、数馬たちはのんびりと景色を楽しみながら進んだ。

「あれは……楓」

最初に夏が気付いた。

先に行ったはずの楓が、逆行して来ていた。

「……馬が来ます。すぐに」

すれ違いざまに楓が囁(ささや)いた。

「旦那さま」

「わかっている」

大人しくしていて欲しいという琴の願いに、数馬がうなずいた。

「寄れええ、寄れ」

大声をあげながら、街道を騎馬武者が走ってきた。

「…………」

数馬が街道の左端へと避けた。琴と夏も倣った。

「…………」

ちらと数馬たちを見た綱昌だが、興味を示すことなく走り去っていった。

「……行ったな」

「ええ」

馬が遠ざかるまで見送った数馬が、安堵の息を漏らし、琴も同意した。

「少し休んでいくか」

数馬が街道の先に見えた茶店を指さした。

「いえ、少しでも離れたほうがよろしいでしょう」

琴が進むべきだと首を左右に振った。

「大丈夫か、無理をすると後々祟るぞ」

数馬が琴を気遣った。

「歩けなくなったら、旦那さまにおぶっていただきますから」

琴が笑った。

「それは厭わぬが、足にまめができるときついぞ」

旅慣れていない者は、気分も高揚しているというのもあり、まだまだいけると無理をする。その最初にでてくるのが、履き慣れていない草鞋と足がすれて、まめを作ることだった。

まめは一種の火傷ともいえる。草鞋とこすれたところが、火傷のようになり、水疱ができる。その水疱が痛いのだ。そして、まめの痛みを避けるように変な歩きかたをして、足の筋や関節を傷める。

「旅は最初が肝心なのだぞ」

やさしく数馬が諭した。

「はい。では、少しだけ」

琴がうれしそうに首を縦に振った。

数馬たちを追い抜いた綱昌一行は、いつまで経っても駕籠を発見できなかった。

「どうなっている」

半刻（約一時間）ほど飛ばし続けたところで、綱昌が馬を止めた。

「まったく駕籠など見えぬではないか」

「こちらは馬、向こうは女駕籠、追いつけぬはずはないのですが……」

供している騎乗の藩士が首をかしげた。

「見逃してはおらぬな」

「十分に注意はいたしておりました」

もともと街道といったところで三間（約五・四メートル）幅しかない。駕籠のように大きなものが、隅に寄ったくらいで気がつかなくなるはずはなかった。

「途中に分かれ道はあったの、工藤」

「ございましたが、あれは村へ向かう小路でございます。とても駕籠が通れるような道ではありませぬ」

確認した綱昌に、供頭が首を横に振った。

「休息できるところも」

「行列を収容できるような旅籠の類はございませぬ」

もう一度工藤と呼ばれた供頭が否定した。

「これ以上先に進んでいると思えるか」

「無理とは思いますが、志賀(しが)」

工藤が若い藩士へ目を向けた。

「はっ。しばしお待ちを」

命じられた志賀が、馬から降りて、畑仕事をしている百姓に近づいていった。

「おい」

「へい、なんでございましょう」

声をかけられた百姓が、腰を低くして応じた。

「街道を女駕籠が通らなかったか」

「通りませんでしたが」

志賀に訊かれた百姓が首を横に振った。

「真(まこと)か、真か。行列を見なかったのだな」

「へ、へい」

怒鳴られた百姓が首をすくめた。

「おまえはいつから、ここにおる」

「朝からずっと畑仕事をいたしておりやした」

百姓が答えた。

「心して答えろよ、あそこにおられるのは領主左近衛権少将さまであるぞ」

「お殿さま……ひえっ」

志賀に言われた百姓が、平蜘蛛のように這いつくばった。

「もうよい、志賀」

工藤が呼び返した。

「通っていないようだな」

綱昌が苦い顔をした。

「どこで見過ごした」

「……思いあたる場所はありませぬ」

苦い顔で言った綱昌に、工藤が申しわけなさそうにした。

「戻るぞ」

「はっ」

五人が馬首を返した。

街道の茶店といったところで、雨よけになるかどうかさえ怪しい籐造りの仮小屋みたいなもので、客は木で組まれた床机に腰掛けて、白湯を飲む。

少し早いが、歩きなれていない琴のため、数馬たちは休息を取った。

「姫さま、おみ足を」

夏が琴の足の状況を把握しようと腰を屈めた。

「このようなところで、なにを」

恥ずかしいと琴が拒んだ。

「気にするな。しっかりと見てもらっておくべきだ。吾はあちらを向いていよう」

「はい」

数馬にも勧められて、琴が夏に足を差し出した。

「御免を」

草鞋を脱がせ、足袋を外して夏が琴の足を見た。

「少し赤くなっておりまする。草鞋の鼻緒を少し緩めましょう」

状況を確認した夏が、琴の草鞋を調整した。

「参りまする」

そこへふたたび楓が近づいてきた。

「うむ」

琴に代わって数馬がうなずいた。

「急ぎまする」

夏があわてて琴の足下を整えようとした。

「……女がおるの」

馬上は高い。かなり遠くからでも、琴の白い足首はよく見えた。綱昌が琴に目を付けた。

「殿」

工藤が綱昌を制しようとした。

「訊くだけじゃ」

綱昌が馬を進めた。

「これ、そこな女」

「……なんでございましょう」

夏が琴をかばうように立ち塞がった。

「そなたではない、そちらの女じゃ」

綱昌が手を振って、どけと夏に命じた。

夏も十二分に他人目を引くほどの容姿をしているが、数馬と婚姻（こんいん）をなし一夜とはいえ、閨を重ねた琴の咲き誇るような美貌にはかなわない。

「どなたさまかわからぬお方に、奥さまへのお声がけはご遠慮願いまする」

夏が断った。

「むっ」

正論だけに、綱昌が呻いた。

「余は、左近衛権少将である」

綱昌が名乗った。

「証はお持ちでございますか」

相手を夏はすでに知っている。にもかかわらず、夏が要求した。

「無礼な」

志賀が夏の応対に怒った。

「どちらが無礼なのでございましょう。いきなり馬上から奥さまへ声をかけるなど、武士の礼儀に外れていると思いまするが」

夏が厳しい指摘をした。夏は琴を犯すと言った綱昌を許していない。

「お、女の分際で、生意気な」

これも正論であっただけに、志賀は反論できなかった。

馬上から武家に話しかけるときは、降りるあるいは鐙を外すかするのが礼儀であった。これを怠ったために、関ヶ原の合戦で石田三成の使者は島津の助力を得られなくなったという逸話も残っているほど常識とされていた。

「よさぬか、志賀」

工藤が志賀を押さえた。

「女中、証はないが、まちがいなくこのお方は左近衛権少将さまだ。そして拙者は近習頭を務める工藤と申す」

鐙を外して工藤が名乗った。

「ご丁寧に畏れ入りまする。刑部家の女中夏と申しまする」

夏が軒猿頭の名前を出した。

「奥さまに代わりまして、御用を承りまする」

名乗られれば返すのが礼儀である。夏が名乗り、琴の代わりをすると告げた。

「そなたではないと申したぞ」

綱昌が不機嫌な顔で言った。

「奥さまでなければならぬ御用というのは、なんでございましょう」

「…………」

夏に指摘された綱昌が黙った。

奥さまだと呼んでいることで、琴が人妻だとわかる。人妻に男がどのような用があるのか、答えてみろと言われたのだ。まさか、気に入ったから連れて帰るとは言えない。家中の者の妻ならば、出世と引き換えに差し出せと命じることはできるが、他家となればできるものではなかった。そんなまねをして幕府に知られれば、不行跡だとして咎められる。松平備中守直堅へ家督を譲れと求められている綱昌としては、手出しをあきらめるしかない。

「家中の者ではないのか」

未練がましく綱昌が問いかけた。

「お答えいたしかねます」

夏が拒否した。

「どこの家中だ」

「主家の名前はご容赦願いまする」

重ねて訊いてきた綱昌を夏が拒んだ。

「ならぬ、申せ」

綱昌が強要した。

「殿、そろそろ」

工藤が綱昌を宥めようとした。

主家の名前を拒まれた場合、それ以上求めないのが気遣いとされていた。

「黙れ、工藤」

綱昌が怒鳴りつけた。

「……申しわけありませぬ」

主君を怒らせたとあっては、家臣として引くしかない。工藤が下がった。

「主家の名前を言え」

ふたたび、綱昌が要求した。

「聞かれてどうなさいまする」

「話を付けて、その女をもらい受ける」

冷たくなった夏の声に気付かぬ綱昌が宣した。

「姫さま。いかがいたしましょう」

夏が琴に顔を向けた。

「旦那さま、抑えてくださいませ」

黙っている数馬に、琴が願った。

「旦那さまだと……」

琴に見とれていた綱昌が、ようやく数馬に気付いた。

「そなたが、この女の夫か。余は松平左近衛権少将である。その女を離縁せい」

綱昌が数馬に命じた。

「…………」

「無礼者、殿がお話をなさっておられるのだ。笠を取って控えぬか」

反応しない数馬を志賀が怒鳴った。

「夏、後ろの二人を任せてよいか」

志賀を無視して数馬が夏に尋ねた。

「三人いただきましょう」

腹に据（す）えかねていた夏が一人増やした。

「あなた、おわかりでしょう」

琴の呼び方が変わった。

「藩のためにならぬまねはせぬ」

頭は冷えていると数馬が保証した。

「なんの話をしている。さっさと控えよ」

志賀が大声を出した。

「笠を脱いでよいのだな」

「……えっ」

「なんだ……」

予想外の言葉を出した数馬に、志賀が驚き、綱昌が怪訝な顔をした。

「…………」

ゆっくりと数馬が笠を脱いだ。

四

「誰だ」

「そなたの顔に覚えがあるぞ……」

数馬の顔を見た志賀が首をかしげ、綱昌が思い出すように目をすがめた。

「殿が、ご存じだと」

綱昌の呟きに工藤が数馬を見直した。

「あっ、そなた」

「まさか……」

綱昌と工藤が同時に声をあげた。

「加賀藩の使者」

「げっ」

数馬を綱昌が指差し、工藤が呻いた。

「と、捕らえろ」

綱昌が叫んだ。

「羽根田、御子神、殿を守れ。志賀、女どもを押さえろ。吾が藩の者を……」

命を受けた工藤が、志賀たちに指図を出した。

「……どうした、動け」

反応しない三人に、工藤が怪訝な顔をした。

「…………」

声もなく、三人の藩士が馬から落ちた。

「どうした……手裏剣」

「なんだ、どう……」

驚いた工藤が落ちた藩士の喉に手裏剣が刺さっているのに気付き、それを見た綱昌が絶句した。

「さすがだな、夏。琴を頼む。後は拙者がする」

ゆらりと数馬が前へ出た。

「面倒になりますので、殺されぬよう」

琴が釘を刺した。

「わかっておるとも」

応えながら、数馬が太刀を抜いた。

「な、なにをする」

「無礼者、そのお方をどなたかわかって……」

「言わずばならぬか」

怯える綱昌と蒼白な工藤に、数馬が冷たく告げた。

「さきほど、街道で二十人の口を封じた。今更五人ほど増えたところでどうということはなかろう」

「えっ、わっ、なにが」

「なにを言っている」

数馬の宣言に綱昌と工藤が混乱した。

「わかっているのか、そのようなまねをすれば、加賀も無事ではすまぬのだぞ」

工藤が下馬をして、綱昌をかばうように前に立った。

「妻に無体を仕掛けた男を討つのは、咎められるものではない」

無頼扱いをすると数馬が言った。

「左近衛権少将さまだぞ、そのていどのこと……」

それだけの力が越前松平にはあると工藤が反論した。

「わたくしが本多政長の娘だとしても」

柔らかな声音で琴が口を挟んだ。

「本多……あの本多の。まずい」

工藤が息を呑んだ。本多の名前は、天下に知られている。

「さて、もう話し合う時期ではございますまい」

数馬が太刀を上段に構えた。

「工藤、討て、そやつを討ち果たせ」

綱昌が命じた。

「……はっ」

主命は果たさなければならない。工藤が太刀に手をかけた。

「……ぬっ」

数馬が一閃した。

「ぐううう」

右手を肘から切り離された工藤が呻いた。

「どうした工藤、なにをしておる。この者どもを……」

馬上から檄を発していた綱昌が、振り向いた工藤の顔色が蒼白なのを見て、言葉を失った。

「と、殿、お逃げくださいませ」

苦痛に耐えながら、工藤が綱昌に告げた。

「わあああ」

工藤が戦えないと知って、綱昌が馬首を翻そうとした。

「夏」

「はっ」

琴に言われた夏が綱昌に飛びつき、手綱を奪った。

「なにをする、返せ」

綱昌が腰の脇差を抜いた。

「少しはわかっているようだな」

この状況で長い太刀を抜くのは、馬を傷つけてしまいかねない。手綱の奪い合いという間近で争っている綱昌と夏なのだ。間合いは短くても、小回りが利く脇差こそ最適であった。

「姫さま」

「かまいませぬ」

許可を求めるかのような夏に、琴がうなずいた。

「では、寝ておけ」

夏が馬上へ跳びあがりざまに、綱昌の鳩尾(みぞおち)を打った。

「……かっ」

当て身を喰らった綱昌が気を失った。

「なにをするか」

工藤が己の怪我も忘れて、駆け寄ろうとした。

「動くな」

その目の前に白刃を突き出し、数馬が命じた。

「貴様ら……」

工藤が憤怒(ふんぬ)の表情になった。

「安心しろ。左近衛権少将さまをどうこうする気はない。無事にお城下へお戻しする」

「信用できぬ」

数馬の言葉に工藤が強く首を振った。

「ならば、付いてくるがいい。だが、それには手当をせねばなるまい。そのままだと血を失って、途中で死ぬぞ」

「…………」

厳しく数馬に指摘された工藤が黙った。

「太刀を鞘ごと抜くぞ」

断ってから数馬が工藤の太刀を腰から外し、下緒を解いた。

「これで傷口を縛れ」

これ以上の手助けはしないと下緒を数馬が渡した。

「…………」

無言のまま受け取った工藤が、左腕と口を使って、傷口の少し上を縛り、出血を押さえた。

「こいつが良さそうだ」

数馬が主を失って空馬になっているうちの一頭を選んだ。

「騒がせたな。迷惑料だ」

懐から二分金を取り出して、数馬が床机の上に置いた。

「…………」

店の奥で腰を抜かしていた主が首を何度も上下に振った。

「……琴、お出で」

数馬が馬にまたがり、琴を招いた。

「はい」

琴が数馬の手を借りて、鞍の前に横座りをした。

「夏、そちらを頼む」

「お任せを」

数馬に言われた夏が、裾を翻して綱昌の馬にまたがった。

「しっかり摑まっていよ」

琴に注意をして、数馬が馬を歩かせ始めた。

「ま、待て、どこへ殿を連れていくつもりだ」

慌てて工藤が止めようとした。

「次席家老結城外記どのの屋敷だ」

「結城さまの……」

「今更、偽りなど言わぬ。ゆっくり来るがいい」

結城外記の名前を出して、数馬は工藤を制した。

五

関所番は、尾形の急報に混乱した。

「殿のご指示じゃ。手配をせねばならぬ」

死体を運ぶのには最低でも一体につき二人は要る。また、顔を晒して城下をとはいかないので、被せる筵に、乗せるための戸板も用意しなければならない。

「皆が関所を離れても問題ないか」

「佐久間さまはお帰りではないのか」

番頭が留守していることが、より混乱を助長していた。

「城へ報せて、人を派遣させろ」

誰かが言い出したことで、ようやく関所番が動き出した。

関所番の混乱は、報せを受けた城へ伝染した。

「二十人を引きあげるとなれば、四十名の手が要るぞ」

「城中にそれだけの手はないぞ。先ほど馬廻りたちの回収に十名出したばかりだ」

平時の城中に、それほど番士はいない。いないわけではないが、大手門、搦手門、表御殿の警固の番士は迂闊に動かせない。動かして、もし何かあれば、そう命じた者の責任になる。

「本多大全どのに指示を仰げ」

「そうだ、あの方が今回のことを差配されているはず」

表御殿の執務部屋に藩士たちが詰めかけた。

「人を出せばいいだろう。人選はそなたたちがせい」

本多大全が責任を配下たちに擦り付けようとした。

「城中には、もう番士はおりませぬ。おるのは勘定方などの役方ばかりでございまする」

藩士の一人が首を横に振った。

「……役方か」

本多大全が苦い顔をした。

番士は組頭である本多大全が動かしても、あまり問題にはならなかった。もっとも組頭は何人もいるので、他人の配下にまで手を伸ばすと後で詫びを入れなければならなくはなる。対して役方は、勘定奉行あるいは中老、家老の支配にある。組頭には役方を動かす権はなかった。

「非番の者を呼び出せ」

番士は基本三交代で勤務している。城中や関所に詰めている当番と、非番二組になる。非番を召集すれば、まだまだ番士はいる。

「一人一人呼び出していたのでは、手間が……」

言われた番士がためらった。

「惣触れ太鼓を打て」

本多大全が命令した。

「…………」

番士が固まった。

惣触れ太鼓はいざ鎌倉というときにだけ鳴らされるもので、藩主あるいは執政でなければできなかった。

「さっさとせんか」

動かない番士を本多大全が叱りつけた。

「……できませぬ」

惣触れ太鼓となれば、城下は大騒動になる。軽々に鳴らしてよいものではなかった。

「吾が言葉に従えぬと申すか」

「それぱかりはできませぬ」

城下の隅々まで異変を報せることにもなり、それは数日を経ずして噂となって、京へ届く。そして京には西国大名を管轄する京都所司代がいた。

京都所司代は越前松平家になにかをすることはないが、福井城下での異変を江戸へ報せるのは確かであった。

「おやりになるならば、ご自身でどうぞ」

番士が踵を返した。

「無礼な。あやつの役目を解く」

腹立たしいと本多大全が吐き捨てた。

「誰ぞ、太鼓台まで行け」

本多大全が周囲の藩士を見た。

「…………」

誰も応じなかった。

「儂(わし)に従えぬとあれば、そなたたちもあやつと同じ目に遭わせるぞ」

「失礼を」

「失礼いたしまする」

脅(おど)しに藩士たちが背を向けて出ていった。

「なんだ、あやつら。儂のことを甘く見ておるな、組頭の言うことを聞かぬなど論外じゃ」

怒りで本多大全が震えた。

そこへ血の気を失った工藤が、門番士に抱えられるようにして入って来た。

「組頭さま……」

息も絶え絶えに報告した工藤に、本多大全の目つきが変わった。

「結城外記の屋敷だな。どこまでも邪魔をする。こうなればやるだけじゃ」

本多大全が席を立った。

綱昌との面談を失敗した津田修理亮は、翌日も、翌々日も登城して、ふたたびの目通りを願っていた。

「本日も主人、気色が優れませず」

ずっと断られ続けながら、津田修理亮は城の応対の間控えで一日座っていた。

「まったく、会いもせぬとは一門の宿老をなんと考えておられるのやら」

「茶と食事は出してもらえておりまする。長閑な日だと思われれば」

津田修理亮のぼやきに、供していた藩士が応えた。

「休みと思うか。そうよなあ、拙者も家督を継いで以来、ずっと越前大野のために働きづめで、気の休まったこともなかった。なかなかよいことを申すの、郷田」

「畏れ入りまする」

津田修理亮に褒められた郷田という藩士が一礼した。

「しかしだな、儂はのんびりと茶を啜っておればよいが、そなたは困ろう。稽古ができぬではないか。剣術指南役として、腕が鈍ろう」

「五日や十日、稽古をしなかったからといって、錆び付かせるようでは、指南役は務まりませぬ」

心配した津田修理亮に、郷田が首を横に振った。

「さすがじゃの」

津田修理亮が感心した。

「越前大野では、道場を作ってやるほどの場所も金もないが、今回の交渉がうまくいき、松平備中守どのが、越前松平を継げれば、当家は富裕の地へ加増転封してもらえる。そのときは、そなたのための道場を城下に造ってくれようほどにな」

「かたじけなき仰せ。浪人でありましたわたくしを剣術指南役としてお抱えくださっただけでもありがたいのに、道場までお与えくださるとは……」

郷田が感激に震えた。

「気にするな。十人扶持しかやれぬのだ。そなたほどの腕ならば、百石どころか二百石でも少ないところだが、六万石、しかも生りの悪い寒冷の地ではなかなか難しい。道場でもあれば、束修も取れよう」

津田修理亮が、郷田へ未来を語った。

「御免」

「どうぞ」

控えの間に訪いを入れる声がし、津田修理亮が許可を出した。

「……貴殿は、たしか本多大全どの」

つきあいのある両家である。津田修理亮は本多大全の顔を覚えていた。

「お待たせをいたし、申しわけもござらぬ」

襖際で本多大全が謝罪した。

「では、お目通りが叶いますのか」

ようやく綱昌に会えると津田修理亮が喜んだ。あれだけ激怒した綱昌なのだ、もう二度と越前大野の者とは面談せぬと言い出しても不思議ではなかった。それが目通りをしてくれる。これは綱昌が軟化したと考えて当然であった。

「それが……」

気まずそうに本多大全が俯いた。

「では、なんでございましょう」

津田修理亮の声が固くなった。目通りを願って待機している者に、それ以外の用件で重職が話をしにくる。となれば、城から出て行けとしか考えられない。津田修理亮が警戒するのも当然であった。

「津田どの、聞けば貴殿は殿に松平備中守さまをお世継ぎとして迎えるようご説得なさりに来られた」

「さよう。備中守直堅さまは、左近衛権少将さまの叔父で越前松平四代藩主光通さまのご長子でござる。越前松平の家督は光通さまのご自害で左近衛権少将さまの父で、光通さまの異母弟昌親さまに移ったとはいえ、嫡流は備中守直堅さまでござる」

津田修理亮が述べた。

越前松平はややこしい相続を繰りかえしていた。幕府に不満を持って流罪にされた二代忠直、正室に跡継ぎができないことを責めたてられて気鬱になり自害した光通と二度にわたって大きな断絶があった。いわば、綱昌は傍流であり、越前松平を継げる立場ではなかった。

松平備中守直堅も越前松平お家騒動の被害者であった。光通の長男ながら側室腹であり、家督相続から外された備中守直堅は、縁のあった津田修理亮を頼って越前松平家を出奔した。後、四代将軍家綱から、一門として捨て扶持一万俵を与えられ、領地のない大名として江戸に住んでいた。その松平備中守直堅を、家督を奪われかけた綱吉が哀れみ、子供のいない綱昌の跡継ぎにしてはどうかと、越前大野藩主松平若狭守へ秘密裏に内示を出した。それを津田修理亮は綱昌に伝えに来ていた。

「殿は決してお認めになりませぬ」

「……当然でござるな」

本多大全の断言を、津田修理亮が認めた。

綱昌はまだ二十六歳を過ぎたばかりなのだ。子供などこれからいくらでもできる。これが五十歳に近いというならあきらめもつこうが、男というのはなんとしてでも家督を吾が血を引いた者に継がせたい。

「では、お目通りは……」

「無理でござる」

一応確認した津田修理亮に、本多大全が告げた。

「むう。ならばやむを得ぬか、郷田……」

津田修理亮が郷田を見た。

「ところで、津田どの」

郷田に帰国の話をしようとした津田修理亮を本多大全が遮った。

「なんでござろうかの」

「小耳に挟んだのでござるが、そちらのご家中の方は、剣術の遣い手だそうでござるな」

「いかにも。さようでござるが……」

本多大全の話に、津田修理亮が怪訝な顔をした。

「じつは、殿が遠駆けに出られましての」

遠駆けとは、馬で遊びに出ることである。野山を馬で走ることから馬術の稽古になるとして、武家では推奨されている。

「供を四人お連れになられたのだが、その供が全部外れておりましてな」

「…………」

話し続ける本多大全をじっと津田修理亮が窺った。

「さて、越前松平はなんのためにございましょう。わたくしは加賀を倒すためだと思っておりまするが、それを泰平を理由に嫌がる者がおりましてな。いや、殿もあまり気に染まられぬようでございまして。松平備中守さまはいかがでござろう」

今度は本多大全が、津田修理亮を見つめた。

「……備中守さまはきっと越前松平のすべきをご存じでございましょう」

少し考えて津田修理亮が口にした。

「それは重畳。越前松平も新しい殿のもとならば、一つになりましょう」

「左近衛権少将さまは、お一人でどこにおられますのかの」

「城下のとある屋敷に捕らわれておりまする」

「捕らわれて……」

「津田どののゆえ、お話をいたしますが……」

首をかしげた津田修理亮に、本多大全が経緯をつごうの良いように変えて語った。

「加賀の前田家の使者がそのようなまねを」

津田修理亮が唸（うな）った。

「いかがでござろう。今ならば、殿になにかあっても、責任は加賀が取ってくれますぞ」

「……ふうむ。郷田、どうだ」

促した本多大全に、津田修理亮が郷田に訊いた。

「お任せあれ。拙者（せっしゃ）は剣で敗れたことはございませぬ」

郷田が強くうなずいた。

第五章　城下騒乱

一

結城外記（げき）は主君松平左近衛権少将（さこんえのごんしょうしょう）綱昌を前に頭を抱えていた。

「なんということを……」

屋敷での謹慎が功を奏し、今回の騒動にまったくかかわっていない結城外記である。わかっていながらなにもしなかった主席家老松平将監（しょうげん）、組頭本多大全、国家老と中老の数人は、今回の責を負わなければならなくなり、よくて隠居、おそらく改易、場合によっては切腹となり、藩政から永遠に消える。

結城外記が主席家老の座に就くのは決まったも同然であったが、その出世は同時に、今回の後始末を担当しなければならない。

「外記、余を助けよ」

下手に逃げられては面倒になる。綱昌は夏によって拘束されていた。

「動けば殺します」

夏が冷たく宣した。

「きさま、余が誰かわかっておるのだろうな。余が命じればそなたなど……」

「わかっておりますとも。姫さまに無体を仕掛けようとした無頼でございましょう」

虚勢を張ろうとした綱昌が、夏の一言に詰まった。

「外記、なんとかせい」

結局、綱昌は結城外記にすがるしかなかった。

「瀬能どの」

結城外記が腕組みをしたまま黙っている数馬に、顔を向けた。

「妻を攫うと言った者を助けろと」

「それは……」

他藩の宿老筆頭の娘を無理矢理奥へ連れ込み、側室にすると言ったのだ。しかも相手は百万石の加賀藩で、当主は二代将軍秀忠の曾孫であり、筆頭宿老は徳川の功臣本多佐渡守の孫に当たる。

大名として同格、当主の力量では負けている。そんな相手に喧嘩を売ったにひとしい。どうやって詫びを入れるかを考えるべきであり、なかったことにしてくれは通らなかった。

「こやつら全員を討ち果たせば……」

「その前に、おまえが死ぬ」

言いかけた綱昌が、夏に懐刀を首に擬されて黙った。

「どうすればよろしかろう」

案が浮かばなかった結城外記が数馬に尋ねた。

「詫び状を書いていただこう」

「……詫び状」

数馬の言葉に、結城外記が嫌そうな顔をした。

「左近衛権少将どのと結城どの、お二人連名で今回の騒動の責はすべて越前松平家にあり、深く謝罪するという詫び状でござる」

「なにを言うか。そのようなもの書けるわけがなかろう」

「……むうう」

綱昌が反発し、結城外記がうなった。

口での詫びならば、後でどうでも言いわけが利く。しかし、書きものとして残ってしまえばごまかしができないだけでなく、それを盾にどのような要求もできる。それこそ、死命を制されたも同然になった。

「では、わたくしではお話しできませぬな。後は岳父本多政長と遣り取りをお願いいたしまする」

数馬が話を切った。

「瀬能どの、そう言われず。さすがに殿の詫び状は無理でございますが、その他のことなればお話のしようもあるかと」

「…………」

「瀬能どの……」

「…………」

結城外記の交渉を数馬は拒否した。

「外記、そなたは次席家老ぞ。余の身を守るべきであろう。まずは、余を解放させよ」

綱昌が結城外記へ強い口調で言った。

「うるさい」

夏が懐刀を綱昌の目の前にかざした。

「ひくっ……」

白刃の輝きに、綱昌が震えた。

「許しなく口を開くな。次は舌を切る」

「…………」

脅す夏に、綱昌が小さく首を縦に振った。

「無礼であろう。女中風情が」

さすがに結城外記が憤慨した。

「…………」

夏が結城外記を無視した。

「つうう」

主君の命を握られている。結城外記が口の端を噛んだ。

九頭竜川の手前で待っていた石動庫之介と刑部のもとに、百姓女に扮した女軒猿の柾が到着した。

「姫さまはどうなさっておられる。ご無事であろうな」

「……という状況でございまする」

問うた刑部へ柾が語った。

「さすがは姫さまである」

駕籠を破壊し、行列を解散した琴の手腕を刑部が讃えた。

「ということは、主君と奥さまはご一緒なさっておられると。よかった」

石動庫之介も安堵した。

「いかがいたしましょう」

柾が頭である刑部に今後の行動を訊いた。

「そなたは国元へ帰れ。殿にご報告を」

「承知。では」

無駄話をすることなく、柾が九頭竜川をこえていった。

「我らはどういたしましょう」

「ここで夜まで待ちましょうぞ。他の者がまだ来るやも知れませぬ。若と姫の詳しい現況を把握してから動いても大丈夫でしょう」

こちらから動いて、数馬たちとの合流を計るべきか、それともこのまま陽動を続けるべきかと問うた石動庫之介に刑部が述べた。

「あれ以来、敵が来ませんが」

一刻（約二時間）ほど前、死体の回収に十人ほどの越前松平藩士が来たが、手出しをしてこなかったので放置していた。

味方の死者を回収するときは、戦国でも見逃すのが慣例であり、これを無視すると武士の情けを知らぬ奴として非難されるため、石動庫之介と刑部も見逃していた。

「たぶん、若のほうでより大きな騒ぎになっておるのでございましょう」

石動庫之介が呈した疑問に、刑部が応じた。

「陽動の意味がございませぬな」

主君である数馬を守るために、わざわざ目立つまねをした。それが無駄になってしまっている。

「やはり合流すべきではございませんか」

石動庫之介が話を蒸し返した。

「さようでございますなあ」

刑部が考え込んだ。

「我らの顔は知られております。その我らが若と合流すると……」

目立つように殲滅ではなく、何人かを生かして帰している。刑部と石動庫之介は、越前松平家にとって、仇敵となっていた。

「殿に迷惑がかかりまするか」

石動庫之介がため息を吐(つ)いた。

「ここで加賀へ戻る者の援助をすべきでしょう」

「はい」

刑部に諭(さと)されて、石動庫之介がうなずいた。

本多大全と手を組んだ津田修理亮(しゅりのすけ)は、護衛として連れてきていた剣術指南役を貸し出した。

「一刀流の遣(つか)い手(て)でござる。きっとお役に立ちましょう」

「かたじけなし」

本多大全が津田修理亮に感謝した。

「どこに潜(ひそ)んでいるかはおわかりなのでござろう」

「はい。先ほど殿の供をしていた近習頭(きんじゅがしら)が戻って参りましてござる」

津田修理亮の確認に本多大全が告げた。

「殿は、次席家老結城外記の屋敷で足留めをされているそうでござる」

「ほう。ところで、結城外記どのは貴殿とお親しいのかの」

語った本多大全に津田修理亮が問うた。

「いえ、親しいどころか仇敵の間柄でござる」

頬をゆがめながら、本多大全が否定した。

「ならばちょうどよろしいではございませぬか」

「……まさに」

口の端をつりあげた津田修理亮に、本多大全が同意した。

「結城外記どののもとには、何人ほど兵がおりましょうや」

「さようでござるな。家禄二千五百石でございますからな。家臣だけで二十、小者も入れると四十人に届きましょう」

門閥家老ほどではないが、結城外記も越前松平家で十指に入る名門であった。抱えている奉公人も多かった。

「小者は戦力になりますまいが、二十人の家士はかなり厄介でござろう。こちらはどれだけ用意できますかの」

「拙者の家臣が十二名、あと合力する者から二十名ほど借り受ける予定でござる」

「合わせて三十二人、それに拙者の連れてきた郷田一閃。郷田は一人で五人力でござれば、十分にいけましょう」

味方を数えた本多大全に津田修理亮が首肯した。

「……まちがいございますまいな」

戦力がわかり勝利を身近に感じた本多大全が津田修理亮を見つめた。

「御懸念あるな。主松平若狭守の名前に誓いましょう。左近衛権少将さまが身罷られ、松平備中守直堅さまが越前の太守となられた暁には、貴殿を世襲主席家老に推挙仕る」

津田修理亮が引き受けた。

「そして松平若狭守さまは、寒冷な北陸から温暖肥沃な領地へ国替えを賜る」

そちらにも利があるのだぞと、本多大全が恩だけ着せようとする津田修理亮を牽制した。

「同じ船に乗っているのでござる。裏切りはありませぬな。船がひっくり返れば、どちらも溺れる」

「…………」

津田修理亮の発言に、本多大全が無言で同意を示した。

二

交渉とは互いの妥協点を探していくことでもある。

「瀬能どのよ」

「…………」

詫び状を書けという条件を出して以降、数馬は結城外記との会話を頑なに拒んでいた。

「話をしてくれねば、進みませぬぞ。お怒りはごもっともながら」

結城外記が数馬を宥めた。

「…………」

数馬は瞑想に入った。

「おぬしは留守居役であろう。留守居役が交渉に応じぬなど、論外であろう」

「……今の拙者は留守居役ではござらぬ。前田加賀守の使者でござる」

糾弾した結城外記に数馬が言い返した。

「なにを言われる」

「拙者はまだ役目を果たしての復命を殿にしておらぬ。つまり、まだ使者のままだということである」

「……………」

帰国を妨げたのが、越前松平家の本多大全なのだ。結城外記はなにも言えなかった。

「だからといって、貴殿の態度は留守居役としてふさわしいものではございますまい。いずれ、お役目に復帰されたとき、同格の我が越前松平家との交渉はどうなりまする」

「交渉をいたせと言われるか」

「いたせではござらぬ。してくれと願っておるだけでござる」

この状況で強制は無理だと結城外記もわかっていた。

「こちらの条件はさきほどお話しした詫び状でござる」

「だから、それでは交渉にならぬではござらぬか。互いに納得できるようにするのが交渉でござろう。詫び状を書けの一点張りでは、交渉になり申さぬ」

変わらぬ数馬に、結城外記が反撃に入った。

「少しも引かぬと言われるならば、こちらも文句を付けさせていただこう」

結城外記の目つきが険しいものになった。

「貴殿らは当家の者を手にかけたではないか。それの責任は加賀藩に取っていただくぞ」

「我らが下手人だという証はどこに」

動揺することなく、数馬が返した。

「なにを言うか。先手組二十人を討ち果たしたのは……」

「見ていた者でもおりますのか。それともなにか当家の者がかかわっているという証拠でも」

「行列を追った先手組がやられたとあれば、おぬしたちしか考えられぬ」

「勝手な推測は迷惑でござる」

突きつけてくる結城外記に、数馬が手を振った。

「では、殿の近習たちはどうでござろうや。これには証人がおられるぞ。殿が見ておられた。でございましょう、殿」

結城外記が綱昌に顔を向けた。

「…………」

懐刀を喉元に突きつけられている綱昌は応えなかった。

「卑怯ぞ。殿のお口を封じるなど」

結城外記が夏を睨みつけた。

「夏、刀を下げなさい」

ずっと黙って状況を観ていた琴が告げた。

「はっ」

夏が懐刀を喉から離した。

「殿、お話しくださいませ」

結城外記が願った。

「わ。わかった」

首を縦に振ろうとして、綱昌は夏の懐刀がないことを確かめた。

「この女が……」

「もちろん、最初から全部お話しくださいませな。わたくしに目を付けたところから」

言いかけた綱昌に琴が釘を刺した。

「…………」

「隠すなよ。吾が見ていたぞ、関所を過ぎたところで、尾形とか呼ばれていた男と話をしていたのをな」

黙った綱昌に、夏が要求した。

「それはなんでござる」

結城外記が戸惑った。

「…………」

「殿、ご説明をいただきますよう」

「…………」

何度言われようとも綱昌は沈黙を続けた。話せるわけはなかった。その段階で琴を拉致するつもりであったと表明することになる。

「左近衛権少将さま、あなたさまは、わたくしどもが近習の方々を害したとおっしゃいますか」

「…………」

「殿」

琴の詰問に、綱昌が黙り、結城外記が唖然とした。

「証人はおらぬようだの」

数馬が笑った。

「なんということだ」

最大の交渉材料を否定された結城外記がため息を吐いた。

本多大全に率いられた一団が、結城外記の屋敷を取り囲んだ。

「一人も逃すな。今現在、ここにいる者をすべて殺せ」

「はっ」

命じられた本多家の家士、合力している藩士が唱和した。

「郷田どの」

本多大全が、津田修理亮から借りてきた剣術指南役に近づいた。

「手筈通りにお願いする」

「お任せあれ。遠慮が出るであろう他の者と違って、拙者は左近衛権少将どのに恩も思い入れもござらぬ。遠慮なく冥府へお送りしよう」

頼まれた郷田一閃が胸を叩いた。

「かならず、かならず、仕留めていただくよう」

「ご懸念あるな。ただし、それまでの露払いは怠りなく願いたし」

途中の結城家士の排除は、そちらの仕事、そこまでさせるなと郷田一閃が念を押した。

「わかっている。始めよう」

うなずいた本多大全が、結城家の屋敷へ近づいた。

「本多大全じゃ。結城外記どのにお会いしたい」

堂々と本多大全が正門に呼びかけた。

「お待ちくださいませ」

結城家の門番が慌てて取り次いだ。

「……本多大全が、会いたいと」

数馬たちとの交渉が暗礁に乗りあげた結城外記が、さらなる面倒が来たとばかりに頬をゆがめた。

「断れ。ただいま、取り込み中でございますればとな」

結城外記が取り次いだ家臣に手を振った。

「待たれよ」

数馬が口を挟んだ。

「わたくしごとでござる。お口出しは無用に」

はっきりと結城外記が数馬を拒んだ。

「本多大全といえば、城中で拙者を襲わせた組頭でござったな」

数馬は結城外記を気にせず、続けた。

「お取次の御仁、外をご覧になったか」

「…………」

主君から口出しするなと言われた数馬の質問に、取次の家臣が戸惑った。

「どうであった」

気になったのか、結城外記も尋ねた。

「いいえ」

「見て参れ」

首を横に振った取次の家士に、結城外記が指図した。

「はっ」

一礼して駆けていった取次の家士がすぐに戻ってきた。

「か、囲まれております る」

取次の家士があわてて報告した。

「やはりの。ここに左近衛権少将どのがおられると気づいたな」

数馬が苦笑した。

「大全が参ったか。これへ呼べ、外記」

援軍の到着と思った綱昌が喜んだ。

「大全が者どもを連れてきたとあれば、もう大丈夫じゃ。さあ、余を離せ」

「黙れ」

夏が自信を取り戻した綱昌の喉へ懐刀をふたたび突きつけた。

「……うっ」

綱昌が黙った。

「瀬能どの、どうであろう、ここで痛み分けにいたそうではないか。貴殿らは三人、とても勝ち目はない。今ならば、なんとかなる。なにもなかったとして、このまま加賀へとお帰りいただくことを拙者が保証する」

交渉が有利になったと、結城外記が手打ちを言い出した。

「……甘いぞ、結城どの」

数馬が立ち上がった。

「ひっ」

「何をする気じゃ」

綱昌が数馬に襲われると思ってか身体(からだ)を竦(すく)め、結城外記がかばおうと前に出た。

「来るぞ」

数馬が警告を発した。

「遅いな」

本多大全が呟いた。

「ばれたのでござろう」

隣で控えていた郷田一閃が同意した。

「押し入るしかないか。おい」

後にいる家士に、本多大全が合図を出した。

「はっ、行くぞ」

応じた家士が同僚を語らって、門脇の塀に取りついた。

「上に乗れ」

「頼んだ」

一人が背を丸めて台になり、別の家士がその上に乗った。

「押すぞ」

「おう」

台になった家士が腰を伸ばし、同僚を押しあげた。

「来いっ」

塀の上へ登った家士が、待っていた別の家士に手を伸ばし、身体を持ち上げる。それを繰り返し、五人が屋敷のなかへと降りた。

「なにをする」

門の裏で入りこんだ家士が、結城家の家臣を抑え、閂(かんぬき)を外した。

「開きましてござる」

「突っこめ。一人も逃すな」

家士の報告に本多大全が号令をかけた。

「おおっ」

家士や藩士たちが開いた大門から結城家へ討ち入った。

「では、拙者も」

郷田一閃がゆっくりと歩き出した。

最初、なにが起こったのかわからず、うろたえた結城の家臣たちだったが、許可なく入りこんできたうえ、同輩に斬りかかった本多大全配下たちの行動に、気を取り戻した。

「なにをするか」

「こいつめ」

屋敷のなかとなれば、地の利は結城家の者にある。なんとか、持ちこたえようとして、襖や障子を盾に使ったり、長押の槍を取り出したりと不意を突かれたわりに善戦した。

「やああ」

「ぎゃあっ」

廊下で槍は無敵に近い。太刀の届かない間合いから突き出す槍が、本多の家士を貫いた。

「おのれ」

槍で足留めされた本多勢が歯がみをした。

「脇差を投げられよ」

そこへ来た郷田一閃が、本多の家士たちに助言した。

「おう」

「承知」

たちまち脇差が槍遣い目指して投擲された。

「おわっと」

槍は長いだけに、取り回しが利かない。とくに廊下のように左右上下に制限があるところでは、下手に飛んでくるものを払おうと振るえば、天井や柱、襖などに引っかかる。

払おうとして、穂先が襖に食いこんだ槍遣いが焦った。

「今でござるぞ、御一同」

まるで弟子たちを指導するように、郷田一閃が突撃を促した。

「やあああ」

「うわあ」

鼓舞された本多の家士たちが槍遣いに突っこんだ。

「くそっ」

槍を抜こうとしたぶん、槍遣いの対応が遅れた。

「ぐっ」

太刀に腹を貫かれて槍遣いが戦力から脱落した。

「参ろうぞ」

郷田一閃がさらなる奥へと歩を進めた。

三

戦いの物音というのは響く。それ以上に悲鳴は通った。

「ひいいい、なんとかせい、外記」

綱昌が両手で頭を覆って怯えた。

「大事ございませぬ。当家にも家臣はおりまするゆえ。もうしばしのご辛抱でございまする」

結城外記が綱昌を宥めた。

「果たしてそうかの」

数馬が太刀を腰から外し、鞘走らせた。

「琴、預ける」

「はい」

鞘を数馬が琴に渡した。

太刀は腰に帯びていると後ろに出た鞘が、思わぬところに当たり、動きを阻害するときがある。狭い室内での戦いならば、鞘を外し、抜き身で戦うほうが思わぬ失敗をしなくてすんだ。

「夏、琴を頼む」

「お任せを」

数馬に依頼された夏が、綱昌を放し、琴の隣へ移動した。

「えっ」

綱昌が啞然とした。

「越前の太守なのだろう。己の身くらい、守れよう」

冷たく数馬が言い捨てた。

「余を、余を守らぬと申すか」

「なぜ守らねばならぬ。吾は家臣ではなく、ここは加賀国ではないぞ」

加賀でなにかの狼藉をする者がいれば、藩士として対応をしなければならない。治安を守り、脅威を取り除くことで武士は百姓から米を年貢として取りあげている代わりの責であった。

「余は左近衛権少将だぞ」

「いいのか、そろそろ来るぞ」

権威を振りかざした綱昌に、数馬が警告を発した。

「ぐわっ」

悲鳴がすぐ近くでし、奥の間の襖が倒れた。

「いたぞ、ここだ」

本多の家士が大声を出した。

「控えよ。ここにおられるお方を誰だと思うか。左近衛権少将さまぞ」

結城外記が本多の家士たちを牽制した。

「……うっ」

「それは……」

本多大全の家士は陪臣になる。綱昌の顔など見たこともないが、それでも畏れは感じている。

「御一同には、そこにおる他の者をお願いしよう。左近衛権少将さまは拙者がご介錯いたそうほどに」

斬り殺すとは言わず、郷田一閃が左近衛権少将の相手は己がすると言った。

「きさま、なにものぞ。見ぬ顔だな」

結城外記が誰何した。

「そちらは、どうやらこちらの主結城外記どのでござるな。お初にお目にかかる。拙者、津田修理亮が家臣、剣術指南役郷田一閃と申す者」

「津田修理亮どのが臣だと……それがなぜ、ここに……まさかっ」

名乗りを聞いた結城外記が顔色を変えた。

「本多大全め、津田修理亮どのと手を組んだな」

「どういうことだ」

綱昌が首をかしげた。

「津田修理亮は殿に家督を譲れと申しに参りました」

「いかに上様のお考えもあるとしても、無礼千万なことだ」

告げた結城外記に綱昌がうなずいた。

「しかし、殿は撥ね付けられた」

「当然であろう。余はまだ若いのだ。子はできる」

結城外記の確認を綱昌が認めた。

「殿に家督を譲る気はない。しかし、松平若狭守さまはなんとしてでも譲らさねばならない。上様のご機嫌を損じては、折角の転封加増がふいになる。そこへ、己の手がその加賀藩の使者によって潰されたため、進退が危うくなった本多大全がすり寄った。殿ではなく、新しい藩主を迎え、その功績をもって失態をなかったものとし、さらに藩政を恣にするため」

「なんだと……」

結城外記の説明に、綱昌が絶句した。

「もう、よろしいかの。家臣から見捨てられた主君どのよ」

綱昌と結城外記の遣り取りを黙って見ていた郷田一閃が割って入った。

「きさま、誰に……」

「武士は主君に従うものでござる。拙者にとって主君は津田さまのみ。あなたさまが越前の太守であろうが、百万石の主であろうが、関係ござらぬ」

すっと郷田一閃が太刀を下段に落とした。

「邪魔が入らぬよう、他の者を押さえておいてくだされよ」

郷田一閃が本多家の家士に頼んだ。

「おう」

「任された」

本多の家士たちが、太刀の切っ先を結城外記と数馬へ向けた。

「くらえっ」

一人が結城外記へと斬りかかった。

「あわっ」

脇差を抜けなかった結城外記がかろうじて鞘で受け止めた。

「えいやっ」

もう一人が数馬へ向かって来た。

「琴、目を閉じておれよ」

妻へ気遣い(きづか)を見せる余裕をもった数馬が、一刀で本多家の家士を斬り捨てた。

「……ほう。やるの。その太刀筋、香取(かとり)神道流だな」

郷田一閃が、感心した。

「瀬能どの、ご助力を」

鍔迫り(つばぜ)合いになった結城外記が泣き声をあげた。

「世話になった恩がある……か」

やむを得ぬと数馬が太刀を突き出した。

「くへっ」

鍔迫り合いの最中は背中ががら空きになる。結城外記へ襲いかかった本多の家士が、背中から胸まで突きとおされて死んだ。

「はああ、助かった」

結城外記が手で額の汗を拭った。

「背中からためらいもなく刺す。思い切りもいいな」

綱昌に太刀を向けて圧迫をかけながら、郷田一閃が数馬の評価をあげた。

「殺し合いに正々堂々も卑怯未練もあるまい」

太刀に付いた血を拭いながら、数馬が答えた。

「いやいや、その通りでござるがの。なかなかそれを認められる者はおりませぬ」

郷田一閃がため息を吐いた。

「泰平の影響だろうな。重くはなかったか」

言いながら数馬は琴に近づき、預けた鞘を受け取った。

「えっ」

「ふうむ」

太刀を鞘に戻した数馬を見て、結城外記が驚愕し、郷田一閃が唸った。

「こやつを討たぬのでござるか」

結城外記が郷田一閃を指さした。

「拙者に敵対しているわけではございませぬので」

あっさりと数馬が告げた。

「殿の、左近衛権少将さまのお命が……」

そこまで言った結城外記が絶句した。数馬が綱昌をかばう理由がないことに結城外記が気づいた。

「要らぬ手出しは傷を負うもと。いやはや、尊敬に値する御仁だ」

郷田一閃が数馬を褒め称えた。

「では、遠慮なく」

すっと郷田一閃が太刀を上段に構えた。

「痛みもなく逝かせて差しあげましょうぞ」

「頼む、頼む、瀬能どの」

ぐっと腰を落とした郷田一閃を見た結城外記が悲鳴をあげた。

「殿、殿も認められませ。命に代えられませぬ」

「わかった、わかった。書く、詫び状でもなんでも書く」

綱昌がわめいた。

「ぬん」

数馬が、踏み出そうとしていた郷田一閃へ殺気をぶつけた。

「くっ」

郷田一閃が後ろへ跳んで間合いを空けた。

「後であれは方便だなどと言えば……」

「言わぬ、言わぬ。誓う」

九死に一生を得た綱昌が何度も何度も首を上下させた。

「どういうことでござるかの。今更邪魔をなさるとは」

仕切り直しを強制された郷田一閃が数馬に苦情を述べた。

「こちらに用ができた。今、死なれては困る」

数馬が応じた。

「面倒な。仕方ない。女をやれ」

郷田一閃が口調を変えて、後ろに控えている本多の家士たちに指図した。

「女を……」

「ためらうな。ここにいる全員を始末できねば、本多大全どのは終わるぞ」

二の足を踏んだ本多の家士を郷田一閃が叱りつけた。

「本多が終わる……」

主家が滅んで家臣たちが無事なはずはなかった。今回の騒動だとまず家士全員も死罪は覚悟しなければならなかった。

「やるぞ」

「ああ」

家士たちが顔を見合わせて、うなずいた。

「身形(みなり)の良い女はできるだけ生かして捕まえろ」

郷田一閃が条件を加えた。

「女中だけでいいのか」

「ならば……」

本多の家士たちの緊張が少し解けた。

「おろかな。そのていどの腕でなにほどのことができる」

夏があきれはてた。

「油断するな、その女中は強いぞ。数で押せ。人の手は二本しかない。二人以上でかかれば、かならず勝てる」

「そうだな」

「いくぞ」

郷田一閃の言葉に本多の家士たちが動いた。

「はっ」

夏が懐刀を持っていない左手を振った。

「ぎゃっ」

突っこんできた最初の一人が、手裏剣(しゅりけん)を額に喰(く)らい倒れた。

「えっ……」

「なにが……」

続こうとした家士たちがたたらを踏んだ。

「届くはずない……」

「手裏剣じゃ。女中の左手を注意していれば、防げる」

唖然とした本多の家士たちに郷田一閃が教えた。

「左手……そうか、右手は刀でふさがっておる」

家士たちが納得した。

「拙者が先頭をきる。手裏剣だけに留意するゆえ、間合いに入った後は任せる」

一人の家士が盾代わりになると言った。

「すまぬ」

別の家士が頭を下げた。

「愁嘆場をするほどのことか」

任のためなら、あっさりと命を捨てるのが、忍である。家士の様子に夏がため息を吐いた。

「死ね」

「すまぬな」

本多の家士たちが夏へもう一度迫った。

「同じ本多でもこれほど差があるとは……」

嘆きながら夏が前に出た。

「なぜっ」

警固対象の琴から離れた夏に先頭の家士が目を剝いた。

「……おのれ」

慌てた家士が、刀を突き出した。

「当たらぬ」

ふっと屈んだ夏の頭の上を太刀が過ぎた。

「姫さまを狙ったことを後悔しながら、死ね」

夏が懐刀で家士の下腹を左右に割いた。

「えっ……うわああ」

太刀が空を切ったことに驚いた家士が、腹から何かが抜けていく感覚に混乱した。

「戸川、おぬしの腹から臓腑が……」

後ろに続いている家士が、戸川という家士の足下に青白い腸が落ちているのを見つけた。

「………」

言われて足下を見た戸川が、白目を剝いて死んだ。

「死んでいると気づかせたか、酷いことを」

「なんだ。拙者のせいだと」

非難するような夏に、家士が啞然とした。

「加賀の本多では、再鍛錬だな」

夏が一歩踏みこんで動揺した家士の胸を突いた。

「がはっ」

家士が即死した。

四

「……なんだ、あの女中は」

郷田一閃が呆然とした。

「おうりゃあ」

それを隙と見た結城家の家臣が郷田一閃に背中から斬りかかった。

「ふん」

鼻先で笑った郷田一閃が半歩ずれてかわし、後ろも見ずに太刀を薙いだ。

「……がっ」

斬りかかった結城家の家臣が絶息した。

「できる」

その間も、己から目を離さなかった郷田一閃の腕に数馬が息を呑んだ。

戦いというのは、目で相手を見ることでおこなわれる。耳で音を聞いてとか、気配を感じてとかいうのもあるが、最大の知覚は視力になる。

その視力をまったくあてにせず、郷田一閃は背後からの攻撃に対処しただけではなく、反撃までした。よほど自信がなければ、できないまねであった。

「夏、下がれ」

援護するように前へ出ていた夏に数馬が告げた。

「ですが……」

「琴を守ってくれ。こやつにはまだ奥の手がありそうだ」

渋る夏を数馬が説得した。

「……はい」

すなおに夏が引いた。

「よいのか。おぬし一人で、左近衛権少将さまを守りつつ、拙者と戦えるとでも」

郷田一閃が余裕を見せた。

「やってみなければわかるまいと言うところだろうが、やるしかないのだ」

数馬が正直に応じた。

「なかなかいい根性もしておるな」

「庫之介がいてくれれば、打たなくていい博打なのだがな」

苦笑しながら数馬が愚痴を漏らした。

「おらぬ者は、しかたないだろう」

郷田一閃が、半歩前へ出た。

「たしかにな」

うなずいた数馬が太刀を中段に構えた。

「……………」

間合いが二間（約三・六メートル）になったところで、郷田一閃が止まった。

「下がれ」

数馬が腰を抜かしている綱昌に邪魔だと命じた。

「う、動けぬ」

綱昌が首を横に振った。

「結城どの」

「あ、ああ」

数馬に名前を呼ばれた結城外記が、綱昌の手を摑んで引っ張った。

「痛い、手がちぎれる。外記」

力尽くで戦いの場から引き離された綱昌が文句を言った。

「……ふっ」

綱昌が悲鳴を漏らした瞬間、数馬が太刀を揺らした。

「ちっ」

郷田一閃が舌打ちをした。

「小柄（こづかう）打ちか」

数馬が少しだけ妙な動きをした郷田一閃の右手を見た。

「よく気づいた」

郷田一閃が苦い顔をした。

小柄は太刀の鞘に添えられている小刀である。刃渡り二寸（約六センチメートル）ほどで、紙を切ったり髭（ひげ）を剃（そ）ったりするためのものだが、手練（てだ）れが使えば十分手裏剣代わりになった。

「最初に太刀を抜いたときから、手の内に握っていたのだな」

ずっと目を離していなかった数馬は、郷田一閃が鞘に触れていないことを確認していた。

「見抜かれてはしかたない。この太刀には工夫がされていてな、柄に小柄をはめこむところがあるのよ」

郷田一閃が説明した。

「隠し武器の一つだな」

「見抜かれては意味ないが」

数馬と郷田一閃は会話をしながら、相手の隙を見つけようとしていた。

「なにをしている。さっさとそやつを討て」

安全なところまで下がった綱昌が落ち着いたのか、威丈だかに命じた。

「殿、お鎮まりを」

戦いの邪魔をするなと結城外記が、綱昌を制した。

もし、綱昌の言葉に気を取られて、数馬がしくじれば状況は一転して不利になる。

「うるさいわっ」

綱昌が結城外記の手を振り払った。

「どいつもこいつも、余を軽く扱いおって」

切れた子供のように、綱昌がわめいた。

「哀れよな。あのていどのを主君として仰がねばならぬとは」

「同意する」

郷田一閃に数馬が首肯した。

「きさまらっ」

綱昌が怒った。

「つっ」

その声を合図にしたのか、郷田一閃が仕掛けた。手の内に隠していた小柄を綱昌向けて撃った。

「ちい」

数馬が太刀を動かして、それを撥ねた。

「もらった」

構えの崩れたところに、郷田一閃がつけこんできた。大きく前へ踏み出しながら、太刀を掬うようにして斬りあげた。

「…………」

体勢を崩していた数馬は応じられなかった。

「はっ」

そこへ夏が手裏剣を撃った。

「くそっ」

数馬を斬れても、己が死んでは意味がない。郷田一閃が後ろへ跳んで手裏剣から逃げた。

「むん」

その一瞬で体勢を立て直した数馬が、膝を折るようにして姿勢を下げつつ、足を踏み出して、郷田一閃を間合いに捉えた。

「馬鹿な」

郷田一閃が太刀を振るって近づく数馬を牽制しようとした。が、後ろへ下がりつつの一撃は体重が乗っておらず、軽くなる。

「やっ」

対して前のめりに近い体勢になっている数馬の太刀は十二分に重い。郷田一閃の切っ先を軽く弾き飛ばし、そのまま喰いこんだ。

「……まずい」

傷を受けた郷田一閃が啞然とした。ただ、数馬の太刀は、郷田一閃の腹を突き破ってはいたが、命を奪うほど深くはなかった。

「浅かったか」

数馬の一刀は郷田一閃の太刀を弾いたぶん、わずかに勢いを失っていた。

「この場は引く」

不利を悟った郷田一閃が背を向けた。

「逃がさぬ」

「させぬ」

後を追おうとした数馬の前に、本多の家士が立ち塞がった。

「ああ」

すでに勝敗は明らかになっている。もう、本多大全の負けは決まったといえた。ただ、回避する方法が一つだけ残っていた。綱昌と結城外記を殺し、うまく糊塗できれば、まだ本多大全は生き延びられる。

それをわかっているだけに、残った数人の本多の家士たちは必死であった。

「やむなし」

郷田一閃への追撃をあきらめ、数馬は本多の家士たちへ応対した。人を斬ったことなどない家士たちは、数馬の相手にならず、一人数合耐えることなく全滅した。

「無事か、琴、夏」

太刀に残った血脂を懐紙でていねいに拭いながら、数馬が尋ねた。

「はい」

「異常ございませぬ」

琴が落ち着いた笑みを返し、夏が首を縦に振った。

「そうか」

無事を確認した数馬が安堵した。

「助かり申した」

結城外記が数馬に頭を下げた。

「……………」

危険が去ったことを理解した綱昌が無言で数馬を睨みつけた。

「さて、こちらは約束を守りましてござる。今度は、そちらの番」

数馬が綱昌へ見せつけるように、血を拭き取ったばかりの太刀をわざと閃かせて鞘へ戻した。

返答次第で、今度は刀が綱昌に向くとの示威であった。

「殿」

「……わかっておる」

結城外記が低い声を出し、綱昌が渋々認めた。

五

綱昌に詫び状を書かせている間、結城外記は遊んでいなかった。

「殿を害そうとした。本多大全謀叛である」

結城外記が周囲の屋敷へ、本多大全の非道を訴え、それを広めさせたのだ。

「なんということを」

「これは見過ごせぬ」

藩内の権力闘争から距離を置いていた者も、綱昌を殺そうとしたとあっては許せなかった。なにせ跡継ぎなしの死は、お家断絶が幕府の祖法であり、末期養子の禁は緩められたとはいえ、将軍の気分次第でどうなるかわからない。

「本多大全を討て」

そこへ詫び状を書き終えた綱昌が加わったことで、事態は決した。

「城へ向かえ」

越前松平藩士たちが、福井城へと押っ取り刀で駆け出した。

「……申しわけございませぬ。負けました」

結城外記の屋敷を逃げ出した郷田一閃が、津田修理亮に詫びた。

「そうか。いたしかたないの。天下は広い。そなたより強い者がいても不思議ではないわ」

津田修理亮が力なく応じた。

「恥じ入りまする」

郷田一閃が頭を垂れた。

「任せてよいな」

「はい。津田さまが無事に国境をこえられるまで、ときを稼ぎまする」

腹をやられた郷田一閃の覚悟はできていた。今は動けるだろうが、やがて腹の傷が炎症を起こし、高熱を発してもがき苦しみながら死ぬことになる。医者にかかって助かる者もいないわけではないが、本多大全と組んだことで敵地となった福井でのんびりと治療をするなど論外であり、もし、津田修理亮が越前松平藩士に捕らえられるような事態になれば、越前大野藩松平若狭守の栄転は吹き飛ぶ。

郷田一閃だけならば、すでに放逐したとか言いわけは利くが、重臣中の重臣、遠くは織田信長にも繫がるという名門家老の津田修理亮となれば、言い逃れのしようはなかった。

「ご苦労であった。郷田の家は息子が元服したならば継がせてくれる」

「かたじけのうございまする」

主従の別れは未来を約するものであった。

津田修理亮が敗北を知ったくらいである。本多大全も当然現状をさとっていた。

「どうすればいい」

本多大全は頭を抱えた。

「一度落ちられて、再起をはかるべきでございましょう」

かろうじて残っていた側近が逃げるべきだと言った。

「落ちるだと。どこへだ」

藩主を殺そうとした家臣に行き場所などはない。本多大全が側近を睨んだ。

「大野藩の津田さまを頼られてはいかかでしょう」

側近が窺うように言った。

「津田どのか……なるほど、拙者を無下にはできぬな」

本多大全が納得した。

「では、逃げるぞ」

決断した本多大全が立ちあがった。

「大手門はよろしくございませぬ。不浄門からならまだなんとか」

「その前に、藩庫を開けろ。逃げるには金が要る」

急がせる側近に本多大全が首を左右に振った。

「たしかに」

側近も納得した。

逃亡には金がかかった。顔を隠して街道を進むには駕籠に乗るのがいい。さらに、他人目を避けるには雑魚寝の木賃宿より、他の客と顔を合わさない離れを持っている高級な旅籠がいい。また、一ヵ所に留まって噂になる前に引っ越さなければならないため、家を買う、借りるができず、支払いの嵩む旅籠での生活になる。

「重いの。持って行けて一人二百両が限度か」

懐に入るのはそのくらいが精一杯であり、それをこえると重さで足取りが遅くなる。逃亡に金は必須だが、それが足を引っ張っては意味がなかった。

本多大全と側近は、金包みを懐にねじ込んで、不浄門へと走った。

「開けよ」

不浄門は普段閉じられている。本多大全が命じた。

「本多さま、なにが」

不浄門に配される番士は閑職の最たるものであり、状況を把握することも、報されることもない。重職の一人が、不浄門に来ることなどない。あわてた番士が本多大全に問うた。

「なんでもよい、開けぬか」

本多大全が怒鳴った。

「門ではなく、潜りを抜けましょう。その方が目立ちませぬ」

側近が開けるだけでも手間のかかる不浄門ではなく、門を抜くだけですむ潜りがいいと勧めた。

「そうだな」

理由に納得した本多大全が同意した。

「えっ、えっ」

困惑している番士を置き去りに、側近が潜りを開け、本多大全を通した。

「番士。しっかりと門をかけ、誰が来ても通すな」

表に出た本多大全が、不浄門の番士に強く指図をした。

「承知いたしましてございまする」

番士にとって組頭は雲の上の人である。番士が首肯した。

「急ぎましょう。どこぞで馬を調達いたすのが良ろしいかと」

「そうだの。歩いていては追いつかれる」

側近の言葉に本多大全が同意した。

「冥土の旅路に馬は要りますまい。急いで閻魔さまに会いたいわけでもありませぬでしょう」

「きさまは……」

不浄門を出たところで、郷田一閃に声をかけられた本多大全が驚いた。

「なに者だ」

側近が本多大全をかばうようにした。

「津田さまのご無事のため、死んでいただきたい」

「逃げたのだな、津田は」

ここに郷田一閃がいることで本多大全は理解した。

「警固のそなたが残っているというのは……逃亡を助けるためだな」

「そうなるな」

郷田一閃が認めた。

「……儂を殺すことで追っ手の注意を集め、津田のことを失念させるつもりか」

今、藩命は本多大全とそれに与した藩士の捕縛である。首魁たる本多大全が死んでしまえば、津田修理亮がかかわったと証言する者がいなくなる。いや、本多家の家士や一部の藩士は郷田一閃のことを知っているが、それが津田修理亮の命なのか、郷田一閃の独断なのかまではわかっていない。

　とりあえず、津田修理亮が越前松平の領内から脱してしまえば、取り調べることはできなくなる。いかに親藩とはいえ、他家の家老を捕縛させろとか、尋問させろとかは言えない。言ったところで、拒まれればそれまでなのだ。

「飲み込みが早いの」

　郷田一閃が褒めた。

「では、死んでくれ」

　太刀を郷田一閃が抜いた。

「金だ、金をやろう。五十両だすぞ」

　本多大全が懐から金包みを二つ出した。

「あいにくだな、死人に金は六文以上要らぬわ」

「死人……怪我をしておるな、きさま」

　本多大全がようやく郷田一閃の着物が血で濡れていることに気づいた。

「加賀の侍にやられたわ。おかげで左近衛権少将さまも無事だ」

「あやつか、あやつがまたも邪魔してくれたか」

　聞いた本多大全が悔しがった。

「こいつっ」

機を見計らっていた側近が、郷田一閃に斬りかかった。

「遅いわ」

郷田一閃が太刀を小さく振った。

「…………」

喉をやられた側近が声もなく崩れた。

「助けてくれ、そうだ。一緒に津田どののもとへ行こうではないか。駕籠を雇ってやる。国に帰りたいであろう……」

「おぬしを連れて帰るなど、迷惑以外のなにものでもないわ」

本多大全は藩主を殺そうとしたのだ。それを匿うのはさすがにまずかった。それこそ越前松平と越前大野松平の戦いになりかねない。

「こと破れたならば、いさぎよく死ぬべきだ」

「ぎゃっ」

郷田一閃の太刀に胸を突かれた本多大全が倒れた。

「……金か。ふふふ、浪々の日々ならば、この輝きに負けていたろうな。主君を持つ、武士として死ねることがこれほど心晴れやかなものだとは思わなかったわ」

本多大全の懐から散った小判を、郷田一閃が冷めた目で見下ろした。

綱昌の詫び状を受け取ってしまえば、福井に残る理由はない。

「帰ろうぞ」

「はい」

数馬が促し、琴が微笑んだ。

「町駕籠ですまぬが、九頭竜の渡しまで使ってくれ」

少しでも機嫌を取ろうとしたのか、あるいは礼の気持ちなのか、足弱の琴を気遣って、結城外記が駕籠を用意していた。

「いえ、ありがとうございまする」

琴がていねいに礼を述べて、駕籠に乗りこんだ。

「では、これで」

「申しわけないことでござった」

数馬の別離に、結城外記は詫びを返した。

「先導を仕(つかまつ)る」

結城外記が付けてくれた家士が先頭に立った。

これはまだ本多大全の行方がしれていないことと、残党がどこにいるかわからないため騒然としている城下を安全に進めるようとの配慮であった。

「誰か」

「駕籠の垂れをあげよ」

「結城外記が家臣でござる。こちらは、結城家の客人でござれば」

事実、何度となく数馬一行は止められた。が、結城外記の付けてくれた家士のおかげで、もめ事にはならずにすんだ。なにせ、結城外記と本多大全が政敵だと、福井の誰もが知っているのだ。

「本多大全が死んでいる」

まさに駕籠が城の堀沿いを進んでいるとき、広く知らせるためと思われる藩士の声が響いた。

「不浄門外だ。本多以外にも斬り殺されているぞ」

「ほう。話をあやつで止めたか」

数馬は小さく呟いた。

「おそらくは」

琴が駕籠のなかから応じた。

「もう一人死んでいるぞ。こちらは腹を切っている」

「それはひょっとして、あの……」

先導の家士が反応した。

「確認に行かれてはいかがか」

数馬が先導の家士に勧めた。

「されど……」

「我らはゆっくりと進んでおりまする。ご確認いただいたあと、すぐに追いついていただければ」

ためらった家士を数馬が促した。

「かたじけない。ごめんを」

家士が走って行った。

「旦那さまは、あの剣士だとお考えでございますね」

琴が述べた。

「ああ、己の主君を助けるためにやったのだろう。ことの首謀者の本多大全が死んで見つかったとあれば、追っ手への捜索はなおざりになる」

「己の死期も覚っておりましたでしょうし」

数馬の意見に夏が続けた。

「……戻りましてござる」

小半刻(こはんとき)(約三十分)もせずに、家士が追いついた。

「いかがでござった」

「あの剣術遣いでございました」

問うた数馬に家士が答えた。

「…………」

数馬はなにも言わなかった。

九頭竜の渡しで、刑部と石動庫之介、そして琴の行列に付き従ってきた者の多くが待っていた。

「ご無事で」

石動庫之介が心底の安堵を見せた。

「そなたも怪我はないようだな」

数馬もほっとした。

「刑部、渡しをこえたところで、行列を組みますよ」

「はっ」

琴の指示に刑部がうなずいた。

「では、これにて。結城どのに礼を言っていたとお伝えくだされ」

なんやかんや言いながらも世話になった。数馬が家士へ感謝を述べた。

「申し伝えまする。では、これで」

家士がそそくさと踵（きびす）を返した。

「これから後始末でたいへんだろうな」

「自業自得でございますわ」

数馬の感慨を琴が一蹴した。

「殿のもとへ一人走らせたく」

刑部が本多政長へ結末を報せる使者を出したいと求めて来た。

「……頼む」

ちらと琴の顔を見て、反対する気配がないことを確認した数馬が首を縦に振った。

本多政長の江戸行きとなれば、軽々しくできるものではなかった。

「出府の届けを出せ」

「脇本陣への通達はどうなっている」

国家老は勝手に国元を離れ、江戸へ出ることは禁じられている。いかに将軍の召喚とはいえ、手続きを跳ばすのはまずかった。

「勝手な出府は重罪なり」

呼ばれたから来ましたは、幕府には通じない。きちっとしておかなければ、どこで足を引っかけられるかわからなかった。

「届けだけ先行すれば良い。宿なぞ、最悪野宿でもかまわぬ」

大名並の五万石だとか、徳川にとって格別の本多佐渡守の孫だとか、これも役には立たない。呼び出した綱吉が遅いと感じれば、それで終わりになる。

「殿、軒猿が戻って参りました」

準備に大わらわの本多政長のもとへ、家臣が駆け寄った。

「通せ」

本多政長が軒猿の報告を優先した。

「……という次第でございまする」

柾を追いこして急いだ軒猿は余計な挨拶（あいさつ）などをしない。要りような経緯と結果だけを告げた。

「一切は瀬能が差配したのだな」

「はい」

確認した本多政長に軒猿がうなずいた。

「琴を伴っての帰国とあれば、まだ大聖寺にも入っておらぬか」

「おそらくは」

本多政長の推測に軒猿が首を上下させた。

「もう一度数馬のもとへ行け。急ぎ、金沢へ戻れと。そうよな、明後日の朝までには屋敷に着いてくれと」

「承りましてございまする」

軒猿が消えた。

「京行きを止めたか。公家の相手もさせて、学ばせたかったが……かえってよかったのかも知れぬ。将軍が儂を呼ぶ。まずまちがいなく、前田にとって悪い話だろう。幕臣復帰の餌をぶらさげての裏切りをというところか」

本多政長は、綱吉の狙いをそう読んでいた。

「江戸は徳川の土地だ。儂には不利でしかない。大久保が老中として威を張ってもいる」

家督相続のときに一度江戸へ出たくらいで、いろいろと面倒な来歴を持つ加賀本多家と誼（よしみ）を通じてくれる相手もいない。そのうえ、戦国以来、本多佐渡守家と仇敵の大久保加賀守が老中として君臨している。本多政長にとって江戸は、まさに敵地であった。

「江戸屋敷の者もおるが、幕府のかかわることとなれば、なかなか難しい」

五万石であろうが、本多佐渡守の孫であろうが、今は加賀前田家の家臣、いわば陪臣でしかない。旗本は陪臣を下に見て、まともに扱ってはくれなかった。

「瀬能も陪臣だが、あやつの家は事情が事情だ」

秀忠の娘珠姫（たまひめ）が加賀へ嫁に来たとき、乞（こ）われて移籍したのが瀬能家の初代であり、将軍に頼まれて格落ちを引き受けたという経歴が、大きな利になっている。陰口は叩けても、表だって数馬を陪臣扱いすると、秀忠の願いを、親として娘へできるかぎりのことをしてやりたいと思った願いを、踏みにじることになる。

「一族は皆、旗本だ」

数馬の親戚は母親の実家を除いて、旗本ばかりであった。

「横山玄位（はるたか）を鍛え直し、幕府の手出しを防ぐ。それには有能な駒がいる」

本多政長が独りごちた。

「やれ、娘に恨まれるな」

なんとも言えない顔で、本多政長が嘆息した。

本書は文庫書下ろし作品です。

|著者| 上田秀人　1959年大阪府生まれ。大阪歯科大学卒。'97年小説CLUB新人賞佳作。歴史知識に裏打ちされた骨太の作風で注目を集める。講談社文庫の「奥右筆秘帳」シリーズは、「この時代小説がすごい!」(宝島社刊)で、2009年版、2014年版と二度にわたり文庫シリーズ第一位に輝き、第3回歴史時代作家クラブ賞シリーズ賞も受賞。「百万石の留守居役」は初めて外様の藩を舞台にした新シリーズ。このほか「禁裏付雅帳」(徳間文庫)、「聡四郎巡検譚」(光文社文庫)、「闕所物奉行裏帳合」(中公文庫)、「表御番医師診療禄」(角川文庫)、「町奉行内与力奮闘記」(幻冬舎時代小説文庫)、「日雇い浪人生活録」(ハルキ文庫)などのシリーズがある。歴史小説にも取り組み、『孤闘　立花宗茂』(中公文庫)で第16回中山義秀文学賞を受賞、『竜は動かず　奥羽越列藩同盟顛末』(講談社文庫)も話題に。総部数は1000万部を突破。
上田秀人公式HP「如流水の庵」 http://www.ueda-hideto.jp/

騒動(そうどう)　百万石(ひゃくまんごく)の留守居役(るすいやく)(十一)
上田秀人(うえだひでと)

2018年6月14日第1刷発行
2021年9月2日第4刷発行

発行者——鈴木章一
発行所——株式会社　講談社
東京都文京区音羽2-12-21　〒112-8001
電話 出版 (03) 5395-3510
販売 (03) 5395-5817
業務 (03) 5395-3615
Printed in Japan

講談社文庫
定価はカバーに表示してあります

デザイン—菊地信義
本文データ制作—講談社デジタル製作
印刷———豊国印刷株式会社
製本———株式会社国宝社

ISBN978-4-06-511810-8

講談社文庫刊行の辞

二十一世紀の到来を目睫に望みながら、われわれはいま、人類史上かつて例を見ない巨大な転換期をむかえようとしている。

世界も、日本も、激動の予兆に対する期待とおののきを内に蔵して、未知の時代に歩み入ろうとしている。このときにあたり、創業の人野間清治の「ナショナル・エデュケイター」への志を現代に甦らせようと意図して、われわれはここに古今の文芸作品はいうまでもなく、ひろく人文・社会・自然の諸科学から東西の名著を網羅する、新しい綜合文庫の発刊を決意した。

激動の転換期はまた断絶の時代である。われわれは戦後二十五年間の出版文化のありかたへの深い反省をこめて、この断絶の時代にあえて人間的な持続を求めようとする。いたずらに浮薄な商業主義のあだ花を追い求めることなく、長期にわたって良書に生命をあたえようとつとめるところにしか、今後の出版文化の真の繁栄はあり得ないと信じるからである。

同時にわれわれはこの綜合文庫の刊行を通じて、人文・社会・自然の諸科学が、結局人間の学にほかならないことを立証しようと願っている。かつて知識とは、「汝自身を知る」ことにつきていた。現代社会の瑣末な情報の氾濫のなかから、力強い知識の源泉を掘り起し、技術文明のただなかに、生きた人間の姿を復活させること。それこそわれわれの切なる希求である。

われわれは権威に盲従せず、俗流に媚びることなく、渾然一体となって日本の「草の根」をかたちづくる若く新しい世代の人々に、心をこめてこの新しい綜合文庫をおくり届けたい。それは知識の泉であるとともに感受性のふるさとであり、もっとも有機的に組織され、社会に開かれた万人のための大学をめざしている。大方の支援と協力を衷心より切望してやまない。

一九七一年七月

野間省一

上田秀人公式ホームページ「如流水の庵」
http://www.ueda-hideto.jp/

講談社文庫「百万石の留守居役」ホームページ
http://kodanshabunko.com/hyakumangoku/

講談社文庫「奥右筆秘帳」ホームページ
http://kodanshabunko.com/okuyuhitsu/

〈既刊紹介〉

上田秀人作品◆講談社

百万石の留守居役 シリーズ

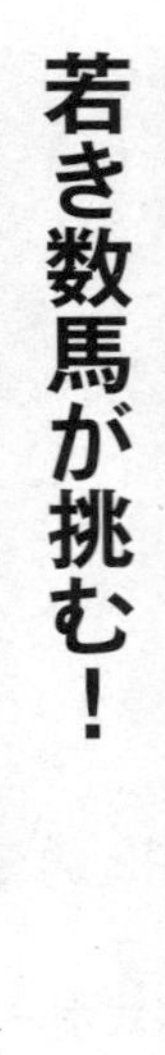

若き数馬が挑む！

第一巻『波乱』２０１３年11月　講談社文庫

外様第一の加賀藩。旗本から加賀藩士となった祖父をもつ瀬能数馬は、城下で襲われた重臣前田直作を救い、五万石の筆頭家老本多政長の娘、琴に気に入られ、その運命が動きだす。江戸で数馬を待ち受けていたのは、留守居役という新たな役目。藩の命運が双肩にかかる交渉役には人脈と経験が肝心。剣の腕以外、何もない若者に、きびしい試練は続く！

上田秀人作品◆講談社

第一巻
『波乱』
２０１３年11月
講談社文庫

第二巻
『思惑』
２０１３年12月
講談社文庫

第三巻
『新参』
２０１４年６月
講談社文庫

第四巻
『遺臣』
２０１４年12月
講談社文庫

第五巻
『密約』
２０１５年６月
講談社文庫

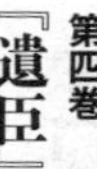

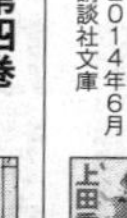

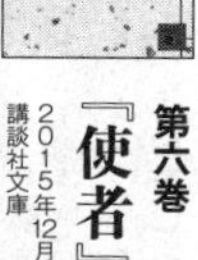

第六巻
『使者』
２０１５年12月
講談社文庫

第七巻
『貸借』
２０１６年６月
講談社文庫

第八巻
『参勤』
２０１６年12月
講談社文庫

第九巻
『因果』
２０１７年６月
講談社文庫

第十巻
『忖度』
２０１７年12月
講談社文庫

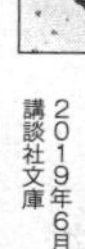

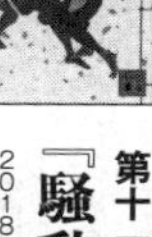

第十一巻
『騒動』
２０１８年６月
講談社文庫

第十二巻
『分断』
２０１８年12月
講談社文庫

第十三巻
『舌戦』
２０１９年６月
講談社文庫

第十四巻
『愚劣』
２０１９年12月
講談社文庫

第十五巻
『布石』
２０２０年６月
講談社文庫

第十六巻
『乱麻』
２０２０年12月
講談社文庫

第十七巻
『要訣』
２０２１年６月
講談社文庫

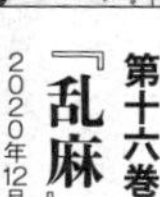

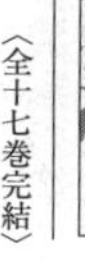

〈全十七巻完結〉

上田秀人作品◆講談社

奥右筆秘帳 シリーズ

「筆」の力と「剣」の力で、幕政の闇に立ち向かう 圧倒的人気シリーズ！

江戸城の書類作成にかかわる奥右筆組頭の立花併右衛門は、幕政の闇にふれる。帰路、命を狙われた併右衛門は隣家の次男、柊衛悟を護衛役に雇う。松平定信、将軍家斉の父・一橋治済の権をめぐる争い、甲賀、伊賀、お庭番の暗闘に、併右衛門と衛悟は巻き込まれていく。「この時代小説がすごい！」（宝島社刊）でも二度にわたり第一位を獲得したシリーズ！

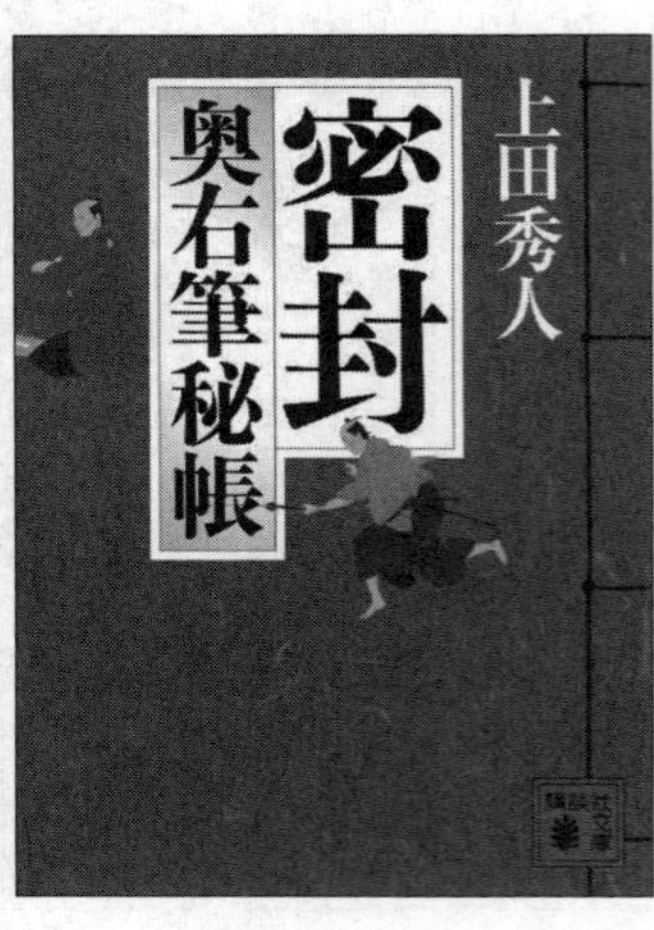

第一巻『密封』2007年9月　講談社文庫

上田秀人作品◆講談社

第一巻
『密封』
2007年9月
講談社文庫

第二巻
『国禁（こっきん）』
2008年5月
講談社文庫

第三巻
『侵蝕（しんしょく）』
2008年12月
講談社文庫

第四巻
『継承』
2009年6月
講談社文庫

第五巻
『簒奪（さんだつ）』
2009年12月
講談社文庫

第六巻
『秘闘』
2010年6月
講談社文庫

第七巻
『隠密』
2010年12月
講談社文庫

第八巻
『刃傷』
2011年6月
講談社文庫

第九巻
『召抱（めしかかえ）』
2011年12月
講談社文庫

第十巻
『墨痕（ぼっこん）』
2012年6月
講談社文庫

第十一巻
『天下』
2012年12月
講談社文庫

第十二巻
『決戦』
2013年6月
講談社文庫

〈全十二巻完結〉

前夜　奥右筆外伝

併右衛門、衛悟、瑞紀（みずき）をはじめ
宿敵となる冥府防人（めいふさきもり）らそれぞれの
「前夜」を描く上田作品初の外伝！

2016年4月
講談社文庫

上田秀人作品◆講談社

竜は動かず

奥羽越列藩同盟顚末

〈上〉万里波濤編
〈下〉帰郷奔走編

世界を知った男、玉虫左太夫は、奥州を一つにできるか？

仙台の下級藩士の出ながら、江戸で学問を志した玉虫左太夫に上田秀人が光を当てる！
勝海舟、坂本龍馬と知り合い、遣米使節団の一行として、世界をその目に焼きつける。
郷里仙台では、倒幕軍が迫っていた。この国の明日のため、左太夫にできることとは？

〈上〉万里波濤編
2016年12月　講談社単行本
2019年５月　講談社文庫

〈下〉帰郷奔走編
2016年12月　講談社単行本
2019年５月　講談社文庫

講談社文庫　目録

浦賀和宏　眠りの牢獄
浦賀和宏　時の鳥籠(上)(下)
浦賀和宏　頭蓋骨の中の楽園(上)(下)
上野哲也　五五五文字の巡礼〈魏志倭人伝トーク　地理篇〉
魚住　昭　渡邉恒雄　メディアと権力
魚住　昭　野中広務　差別と権力
魚住直子　非・バランス
魚住直子　未・フレンズ
魚住直子　ピンクの神様
上田秀人　密封〈奥右筆秘帳〉
上田秀人　国禁〈奥右筆秘帳〉
上田秀人　侵蝕〈奥右筆秘帳〉
上田秀人　継承〈奥右筆秘帳〉
上田秀人　簒奪〈奥右筆秘帳〉
上田秀人　秘闘〈奥右筆秘帳〉
上田秀人　隠密〈奥右筆秘帳〉
上田秀人　刃傷〈奥右筆秘帳〉
上田秀人　召抱〈奥右筆秘帳〉
上田秀人　墨痕〈奥右筆秘帳〉
上田秀人　天下〈奥右筆秘帳〉
上田秀人　決戦〈奥右筆秘帳〉
上田秀人　前夜〈奥右筆外伝〉
上田秀人　軍師の挑戦〈上田秀人初期作品集〉
上田秀人　天主信長〈表〉〈我こそ天下なり〉
上田秀人　天主信長〈裏〉〈天を望むなかれ〉
上田秀人　波乱〈百万石の留守居役(一)〉
上田秀人　思惑〈百万石の留守居役(二)〉
上田秀人　新参〈百万石の留守居役(三)〉
上田秀人　遺臣〈百万石の留守居役(四)〉
上田秀人　密約〈百万石の留守居役(五)〉
上田秀人　使者〈百万石の留守居役(六)〉
上田秀人　貸借〈百万石の留守居役(七)〉
上田秀人　参勤〈百万石の留守居役(八)〉
上田秀人　因果〈百万石の留守居役(九)〉
上田秀人　忖度〈百万石の留守居役(十)〉
上田秀人　騒動〈百万石の留守居役(十一)〉
上田秀人　分断〈百万石の留守居役(十二)〉
上田秀人　舌戦〈百万石の留守居役(十三)〉
上田秀人　愚劣〈百万石の留守居役(十四)〉
上田秀人　布石〈百万石の留守居役(十五)〉
上田秀人　乱麻〈百万石の留守居役(十六)〉
上田秀人　要訣〈百万石の留守居役(十七)〉
上田秀人　梟の系譜〈宇喜多四代〉
上田秀人　竜は動かず　奥羽越列藩同盟顛末〈(上)万里波濤編　(下)帰郷奔走編〉
内田　樹　下流志向〈学ばない子どもたち　働かない若者たち〉
内田　樹／釈　徹宗　現代霊性論
上橋菜穂子　獣の奏者〈I闘蛇編〉
上橋菜穂子　獣の奏者〈II王獣編〉
上橋菜穂子　獣の奏者〈III探求編〉
上橋菜穂子　獣の奏者〈IV完結編〉
上橋菜穂子　獣の奏者〈外伝　刹那〉
上橋菜穂子　物語ること、生きること
上橋菜穂子　明日は、いずこの空の下
海猫沢めろん　愛についての感じ
海猫沢めろん　キッズファイヤー・ドットコム
冲方　丁　戦の国
上田岳弘　ニムロッド

遠藤周作 ぐうたら人間学
遠藤周作 聖書のなかの女性たち
遠藤周作 さらば、夏の光よ
遠藤周作 最後の殉教者
遠藤周作 反逆(上)(下)
遠藤周作 ひとりを愛し続ける本
遠藤周作 周作塾〈読んでもタメにならないエッセイ〉
遠藤周作 新装版 海と毒薬
遠藤周作 新装版 わたしが・棄てた・女
遠藤周作 深い河(ディープ・リバー)〈新装版〉
江波戸哲夫 新装版 銀行支店長
江波戸哲夫 集団左遷
江波戸哲夫 新装版 ジャパン・プライド
江波戸哲夫 起業の星
江波戸哲夫 ビジネスウォーズ〈カリスマと戦犯〉
江波戸哲夫 リストラ事変〈ビジネスウォーズ2〉
江上剛 頭取無惨
江上剛 企業戦士
江上剛 リベンジ・ホテル
江上剛 起死回生
江上剛 瓦礫の中のレストラン
江上剛 非情銀行
江上剛 東京タワーが見えますか。
江上剛 慟哭の家
江上剛 家電の神様
江上剛 ラストチャンス 再生請負人
江上剛 ラストチャンス 参謀のホテル
江上剛 一緒にお墓に入ろう
江國香織 真昼なのに昏(くら)い部屋
江國香織・文 松尾たいこ・絵 ふりむく
江國香織他 100万分の1回のねこ
円城塔 道化師の蝶
江原啓之 スピリチュアルな人生に目覚めるために〈心に「人生の地図」を持つ〉
江原啓之 トラウマ
あなたが生まれてきた理由
大江健三郎 新しい人よ眼ざめよ
大江健三郎 取り替え子(チェンジリング)
大江健三郎 憂い顔の童子
大江健三郎 晩年様式集(イン・レイト・スタイル)
小田実 何でも見てやろう
沖守弘 マザー・テレサ〈あふれる愛〉
岡嶋二人 解決まではあと6人〈5W1H殺人事件〉
岡嶋二人 99%の誘拐
岡嶋二人 クラインの壺
岡嶋二人 ダブル・プロット
岡嶋二人 新装版 焦茶色のパステル
岡嶋二人 チョコレートゲーム 新装版
岡嶋二人 そして扉が閉ざされた〈新装版〉
太田蘭三 殺(さつ)・風(ふう)景(けい)〈警視庁北多摩署特捜本部〉
大前研一 企業参謀 正・続
大前研一 やりたいことは全部やれ!
大前研一 考える技術
大沢在昌 野獣駆けろ
大沢在昌 相続人TOMOKO
大沢在昌 ウォームハート コールドボディ
大沢在昌 アルバイト探偵(アイ)
大沢在昌 調毒師を捜せ アルバイト探偵(アイ)
大沢在昌 女王陛下のアルバイト探偵(アイ)

大沢在昌　不思議の国のアルバイト探偵(アイ)
大沢在昌　拷問遊園地(アルバイト探偵(アイ))
大沢在昌　帰ってきたアルバイト探偵(アイ)
大沢在昌　雪蛍
大沢在昌　ザ・ジョーカー
大沢在昌　亡命者〈ザ・ジョーカー〉
大沢在昌　夢の島
大沢在昌　新装版 氷の森
大沢在昌　暗黒旅人
大沢在昌　新装版 走らなあかん、夜明けまで
大沢在昌　新装版 涙はふくな、凍るまで
大沢在昌　語りつづけろ、届くまで
大沢在昌　罪深き海辺(上)(下)
大沢在昌　やぶへび
大沢在昌　海と月の迷路(上)(下)
大沢在昌　鏡の顔〈傑作ハードボイルド小説集〉
大沢在昌　覆面作家
大沢在昌／藤田宜永／堂場瞬一／井上夢人／今野敏／月村了衛／東山彰良　激動 東京五輪1964
逢坂剛　十字路に立つ女

逢坂剛　重蔵始末
逢坂剛　じぶくり伝兵衛〈重蔵始末(二)〉
逢坂剛　猿曳遁兵衛〈重蔵始末(三)〉
逢坂剛　嫁盗み〈重蔵始末(四)長崎篇〉
逢坂剛　陰の声〈重蔵始末(五)長崎篇〉
逢坂剛　北門の狼〈重蔵始末(六)蝦夷篇〉
逢坂剛　逆浪果つるところ〈重蔵始末(七)蝦夷篇〉
逢坂剛　奔流恐るるにたらず〈重蔵始末(八)完結篇〉
逢坂剛　新装版 カディスの赤い星(上)(下)
逢坂剛　さらばスペインの日日(上)(下)
オノ・ヨーコ／飯村隆彦 編　ただの私
オノ・ヨーコ／南風椎 訳　グレープフルーツ・ジュース
折原一　倒錯の死角〈201号室の女〉
折原一　倒錯の帰結
折原一　倒錯のロンド〈完成版〉
小川洋子　ブラフマンの埋葬
小川洋子　最果てアーケード
小川洋子　琥珀のまたたき
小川洋子　密やかな結晶〈新装版〉

乙川優三郎　霧の橋
乙川優三郎　喜知次
乙川優三郎　蔓の端々
乙川優三郎　夜の小紋
恩田陸　三月は深き紅の淵を
恩田陸　麦の海に沈む果実
恩田陸　黒と茶の幻想(上)(下)
恩田陸　黄昏の百合の骨
恩田陸　『恐怖の報酬』日記〈酩酊混乱紀行〉
恩田陸　きのうの世界(上)(下)
恩田陸　七月に流れる花／八月は冷たい城
奥田英朗　新装版 ウランバーナの森
奥田英朗　最悪
奥田英朗　マドンナ
奥田英朗　ガール
奥田英朗　サウスバウンド
奥田英朗　オリンピックの身代金(上)(下)
奥田英朗　ヴァラエティ
奥田英朗　邪魔(上)(下)〈新装版〉

講談社文庫　目録

乙武洋匡　五体不満足〈完全版〉
大崎善生　聖の青春
大崎善生　将棋の子
小川恭一　江戸の旗本事典〈歴史・時代小説ファン必携〉
奥泉　光　プラトン学園
奥泉　光　シューマンの指
奥泉　光　ビビビ・ビ・バップ
折原みと　制服のころ、君に恋した。
折原みと　時の輝き
折原みと　幸福のパズル
大城立裕　小説 琉球処分(上)(下)
太田尚樹　満州裏史〈甘粕正彦と岸信介が背負ったもの〉
太田尚樹　世紀の愚行〈太平洋戦争・日米開戦前夜〉
大島真寿実　ふじこさん
大泉康雄　あさま山荘銃撃戦の深層(上)(下)
大山淳子　猫弁〈天才百瀬とやっかいな依頼人たち〉
大山淳子　猫弁と透明人間
大山淳子　猫弁と指輪物語
大山淳子　猫弁と少女探偵

大山淳子　猫弁と魔女裁判
大山淳子　雪猫
大山淳子　イーヨくんの結婚生活
大山淳子　光二郎分解日記〈相棒は浪人生〉
大倉崇裕　小鳥を愛した容疑者
大倉崇裕　蜂に魅かれた容疑者〈警視庁いきもの係〉
大倉崇裕　ペンギンを愛した容疑者〈警視庁いきもの係〉
大倉崇裕　クジャクを愛した容疑者〈警視庁いきもの係〉
大鹿靖明　メルトダウン〈ドキュメント福島第一原発事故〉
荻原　浩　砂の王国(上)(下)
荻原　浩　家族写真
小野正嗣　九年前の祈り
大友信彦　釜石の夢〈被災地でワールドカップを〉
大友信彦　オールブラックスが強い理由〈世界最強チーム勝利のメソッド〉
乙　一　銃とチョコレート
織守きょうや　霊感検定
織守きょうや　霊感検定〈心霊アイドルの憂鬱〉
織守きょうや　霊感検定〈春にして君を離れ〉
織守きょうや　少女は鳥籠で眠らない

岡本哲志　銀座を歩く〈四百年の歴史体験〉
おーなり由子　きれいな色とことば
岡崎琢磨　病弱探偵〈謎は彼女の特効薬〉
小野寺史宜　その愛の程度
小野寺史宜　近いはずの人
小野寺史宜　それ自体が奇跡
大崎　梢　横濱エトランゼ
太田哲雄　アマゾンの料理人〈世界一の"美味しい"を探して僕が行き着いた場所〉
小竹正人　空に住む
岡本さとる　駕籠屋春秋 新三と太十
岡本さとる　質屋の娘〈駕籠屋春秋 新三と太十〉
岡崎大五　食べるぞ!世界の地元メシ
海音寺潮五郎　新装版 江戸城大奥列伝
海音寺潮五郎　新装版 孫子(上)(下)
海音寺潮五郎　新装版 赤穂義士
加賀乙彦　新装版 高山右近
加賀乙彦　ザビエルとその弟子
加賀乙彦　殉教者
柏葉幸子　ミラクル・ファミリー

勝目 梓 小説家
桂 米朝 米朝ばなし〈上方落語地図〉
笠井 潔 梟の巨なる黄昏
笠井 潔 青銅の悲劇(上)(下)〈瀕死の王〉
川田弥一郎 白く長い廊下
神崎京介 女薫の旅 激情たぎる
神崎京介 女薫の旅 奔流あふれ
神崎京介 女薫の旅 陶酔めぐる
神崎京介 女薫の旅 衝動はぜて
神崎京介 女薫の旅 放心とろり
神崎京介 女薫の旅 感涙はてる
神崎京介 女薫の旅 耽溺まみれ
神崎京介 女薫の旅 誘惑おって
神崎京介 女薫の旅 秘に触れ
神崎京介 女薫の旅 禁の園へ
神崎京介 女薫の旅 欲の極み
神崎京介 女薫の旅 青い乱れ
神崎京介 女薫の旅 奥に裏に
神崎京介 I LOVE

加納朋子 ガラスの麒麟
角田光代 まどろむ夜のUFO
角田光代 恋するように旅をして
角田光代 庭の桜、隣の犬
角田光代 人生ベストテン
角田光代 ロック母
角田光代 彼女のこんだて帖
角田光代 ひそやかな花園
川端裕人 せちやん〈星を聴く人〉
川端裕人 星と半月の海
片川優子 ジョナさん
片川優子 ただいまラボ
神山裕右 カタコンベ
神山裕右 炎の放浪者
加賀まりこ 純情ババアになりました。
門田隆将 甲子園への遺言〈伝説の打撃コーチ高畠導宏の生涯〉
門田隆将 甲子園の奇跡〈斎藤佑樹と早実百年物語〉
門田隆将 神宮の奇跡
鏑木 蓮 東京ダモイ

鏑木 蓮 屈折光
鏑木 蓮 時限
鏑木 蓮 真友
鏑木 蓮 甘い罠
鏑木 蓮 京都西陣シェアハウス〈憎まれ天使・有村志穂〉
鏑木 蓮 炎罪
鏑木 蓮 疑薬
川上未映子 そら頭はでかいです、世界がすこんと入ります
川上未映子 わたくし率 イン 歯ー、または世界
川上未映子 ヘヴン
川上未映子 すべて真夜中の恋人たち
川上未映子 愛の夢とか
川上弘美 ハヅキさんのこと
川上弘美 晴れたり曇ったり
川上弘美 大きな鳥にさらわれないよう
海堂 尊 外科医 須磨久善
海堂 尊 新装版 ブラックペアン1988
海堂 尊 ブレイズメス1990
海堂 尊 スリジエセンター1991

講談社文庫　目録

海堂　尊　死因不明社会2018
海堂　尊　極北クレイマー2008
海堂　尊　極北ラプソディ2009
海堂　尊　黄金地球儀2013
海道龍一朗　室町耽美抄　花　鏡
門井慶喜　パラドックス実践　雄弁学園の教師たち
門井慶喜　銀河鉄道の父
梶　よう子　迷　子　石
梶　よう子　ふ　く　ろ　う
梶　よう子　ヨ　イ　豊
梶　よう子　立身いたしたく候
梶　よう子　北斎まんだら
川瀬七緒　よろずのことに気をつけよ
川瀬七緒　法医昆虫学捜査官
川瀬七緒　シンクロニシティ〈法医昆虫学捜査官〉
川瀬七緒　水底の棘〈法医昆虫学捜査官〉
川瀬七緒　メビウスの守護者〈法医昆虫学捜査官〉
川瀬七緒　潮騒のアニマ〈法医昆虫学捜査官〉
川瀬七緒　紅のアンデッド〈法医昆虫学捜査官〉
川瀬七緒　フォークロアの鍵
風野真知雄　隠密　味見方同心(一)〈くじらの姿焼き騒動〉
風野真知雄　隠密　味見方同心(二)〈干し卵不思議味〉
風野真知雄　隠密　味見方同心(三)〈幸せの小福餅〉
風野真知雄　隠密　味見方同心(四)〈恐怖の流しそうめん〉
風野真知雄　隠密　味見方同心(五)〈フグの毒鍋〉
風野真知雄　隠密　味見方同心(六)〈鮟鱇の闇鍋〉
風野真知雄　隠密　味見方同心(七)〈絵巻寿司〉
風野真知雄　隠密　味見方同心(八)〈ふふふの麩〉
風野真知雄　隠密　味見方同心(九)〈殿さま漬け〉
風野真知雄　潜入　味見方同心(一)〈恋のぬるぬる膳〉
風野真知雄　潜入　味見方同心(二)〈陰膳だらけの宴〉
風野真知雄　潜入　味見方同心(三)〈五右衛門の鍋〉
風野真知雄　昭和探偵1
風野真知雄　昭和探偵2
風野真知雄　昭和探偵3
風野真知雄　昭和探偵4
カレー沢　薫　負ける技術
カレー沢　薫　もっと負ける技術〈カレー沢薫の日常と退廃〉
カレー沢　薫　非リア王
神楽坂　淳　うちの旦那が甘ちゃんで
神楽坂　淳　うちの旦那が甘ちゃんで2
神楽坂　淳　うちの旦那が甘ちゃんで3
神楽坂　淳　うちの旦那が甘ちゃんで4
神楽坂　淳　うちの旦那が甘ちゃんで5
神楽坂　淳　うちの旦那が甘ちゃんで6
神楽坂　淳　うちの旦那が甘ちゃんで7
神楽坂　淳　うちの旦那が甘ちゃんで8
神楽坂　淳　うちの旦那が甘ちゃんで9
神楽坂　淳　うちの旦那が甘ちゃんで10
神楽坂　淳　帰蝶さまがヤバい1
神楽坂　淳　帰蝶さまがヤバい2
加藤元浩　捕まえたもん勝ち！〈七夕菊乃の捜査報告書〉
加藤元浩　量子人間からの手紙〈捕まえたもん勝ち！〉
加藤元浩　奇科学島の記憶〈捕まえたもん勝ち！〉
梶永正史　銃の啼き声〈潔癖刑事・田島慎吾〉
梶永正史　潔癖刑事　仮面の哄笑
川内有緒　晴れたら空に骨まいて

神永　学　悪魔と呼ばれた男
神津凛子　スイート・マイホーム
岸本英夫　死を見つめる心〈ガンとたたかった十年間〉
北方謙三　汚名の広場
北方謙三　試みの地平線〈伝説復活編〉
北方謙三　抱影
菊地秀行　魔界医師メフィスト〈怪屋敷〉
桐野夏生　新装版 顔に降りかかる雨
桐野夏生　新装版 天使に見捨てられた夜
桐野夏生　新装版 ローズガーデン
桐野夏生　ＯＵＴ（上）（下）
桐野夏生　ダーク（上）（下）
桐野夏生　猿の見る夢
京極夏彦　文庫版 姑獲鳥の夏
京極夏彦　文庫版 魍魎の匣
京極夏彦　文庫版 狂骨の夢
京極夏彦　文庫版 鉄鼠の檻
京極夏彦　文庫版 絡新婦の理
京極夏彦　文庫版 塗仏の宴―宴の支度
京極夏彦　文庫版 塗仏の宴―宴の始末
京極夏彦　文庫版 百鬼夜行―陰
京極夏彦　文庫版 百器徒然袋―雨
京極夏彦　文庫版 百器徒然袋―風
京極夏彦　文庫版 今昔続百鬼―雲
京極夏彦　文庫版 陰摩羅鬼の瑕
京極夏彦　文庫版 邪魅の雫
京極夏彦　文庫版 今昔百鬼拾遺―月
京極夏彦　文庫版 死ねばいいのに
京極夏彦　文庫版 ルー＝ガルー〈忌避すべき狼〉
京極夏彦　文庫版 ルー＝ガルー2〈インクブス×スクブス 相容れぬ夢魔〉
京極夏彦　分冊文庫版 姑獲鳥の夏（上）（下）
京極夏彦　分冊文庫版 魍魎の匣（上）（中）（下）
京極夏彦　分冊文庫版 狂骨の夢（上）（中）（下）
京極夏彦　分冊文庫版 鉄鼠の檻 全四巻
京極夏彦　分冊文庫版 絡新婦の理 全四巻
京極夏彦　分冊文庫版 塗仏の宴 宴の支度（上）（中）（下）
京極夏彦　分冊文庫版 塗仏の宴 宴の始末（上）（中）（下）
京極夏彦　分冊文庫版 陰摩羅鬼の瑕（上）（中）（下）
京極夏彦　分冊文庫版 邪魅の雫（上）（中）（下）
京極夏彦　分冊文庫版 ルー＝ガルー〈忌避すべき狼〉（上）（下）
京極夏彦　分冊文庫版 ルー＝ガルー2〈インクブス×スクブス 相容れぬ夢魔〉（上）（下）
北森　鴻　親不孝通りラプソディー
北森　鴻　花の下にて春死なむ〈香菜里屋シリーズ1〈新装版〉〉
北森　鴻　桜宵〈香菜里屋シリーズ2〈新装版〉〉
北森　鴻　螢坂〈香菜里屋シリーズ3〈新装版〉〉
北森　鴻　香菜里屋を知っていますか〈香菜里屋シリーズ4〈新装版〉〉
北村　薫　野球の国のアリス
北村　薫　盤上の敵〈新装版〉
木内一裕　藁の楯
木内一裕　水の中の犬
木内一裕　アウト＆アウト
木内一裕　キッド
木内一裕　デッドボール
木内一裕　神様の贈り物
木内一裕　喧嘩猿
木内一裕　バードドッグ
木内一裕　不愉快犯

木内一裕 嘘ですけど、なにか？
木内一裕 ドッグレース
北山猛邦 『クロック城』殺人事件
北山猛邦 『瑠璃城』殺人事件
北山猛邦 『アリス・ミラー城』殺人事件
北山猛邦 『ギロチン城』殺人事件
北山猛邦 私たちが星座を盗んだ理由
北 康利 白洲次郎 占領を背負った男 (上)(下)
北 康利 福沢諭吉 国を支えて国を頼らず (上)(下)
貴志祐介 新世界より (上)(中)(下)
北原みのり 木嶋佳苗100日裁判傍聴記〈佐藤優対談収録完全版〉
岸本佐知子 編訳 変愛小説集
岸本佐知子 編 変愛小説集 日本作家編
木原浩勝 文庫版 現世怪談(一) 主人の帰り
木原浩勝 文庫版 現世怪談(二) 白刃の盾
木原浩勝 増補改訂版 もう一つの「バルス」〈宮崎駿と『天空の城ラピュタ』の時代〉
喜国雅彦 国樹由香 メフィストの漫画
喜国雅彦 国樹由香 本格力〈本棚探偵のミステリ・ブックガイド〉
清武英利 石つぶて〈警視庁 二課刑事の残したもの〉

清武英利 しんがり〈山一證券 最後の12人〉
清武英利 トッカイ〈不良債権特別回収部〉
喜多喜久 ビギナーズ・ラボ
黒岩重吾 新装版 古代史への旅
栗本 薫 新装版 絃の聖域
栗本 薫 新装版 ぼくらの時代
黒柳徹子 窓ぎわのトットちゃん 新組版
倉知 淳 新装版 星降り山荘の殺人
倉知 淳 シュークリーム・パニック
熊谷達也 浜の甚兵衛
倉阪鬼一郎 大江戸秘脚便
倉阪鬼一郎 娘飛脚を救え〈大江戸秘脚便〉
倉阪鬼一郎 開運十社巡り〈大江戸秘脚便〉
倉阪鬼一郎 決戦、武甲山〈大江戸秘脚便〉
倉阪鬼一郎 八丁堀の忍
倉阪鬼一郎 八丁堀の忍(二)〈大川端の死闘〉
倉阪鬼一郎 八丁堀の忍(三)〈遥かなる故郷〉
倉阪鬼一郎 八丁堀の忍(四)〈隻腕の抜け忍〉
黒木 渚 壁の鹿

黒木 渚 本性
栗山圭介 居酒屋ふじ
栗山圭介 国士舘物語
久坂部 羊 祝葬
黒澤いづみ 人間に向いてない
久賀理世 奇譚蒐集家 小泉八雲〈白衣の女〉
決戦！シリーズ 決戦！関ヶ原
決戦！シリーズ 決戦！大坂城
決戦！シリーズ 決戦！本能寺
決戦！シリーズ 決戦！川中島
決戦！シリーズ 決戦！桶狭間
決戦！シリーズ 決戦！関ヶ原2
決戦！シリーズ 決戦！新選組
小峰 元 アルキメデスは手を汚さない
今野 敏 ST 警視庁科学特捜班 エピソード1〈新装版〉
今野 敏 ST 警視庁科学特捜班 毒物殺人〈新装版〉
今野 敏 ST 警視庁科学特捜班〈黒いモスクワ〉
今野 敏 ST 警視庁科学特捜班〈青の調査ファイル〉
今野 敏 ST 警視庁科学特捜班〈赤の調査ファイル〉

今野　敏　ST 警視庁科学特捜班〈黄の調査ファイル〉
今野　敏　ST 警視庁科学特捜班〈緑の調査ファイル〉
今野　敏　ST 警視庁科学特捜班〈黒の調査ファイル〉
今野　敏　ST 為朝伝説殺人ファイル〈警視庁科学特捜班〉
今野　敏　ST 桃太郎伝説殺人ファイル〈警視庁科学特捜班〉
今野　敏　ST 沖ノ島伝説殺人ファイル〈警視庁科学特捜班〉
今野　敏　ST 化合 エピソード0〈警視庁科学特捜班〉
今野　敏　ST プロフェッション〈警視庁科学特捜班〉
今野　敏　特殊防諜班 諜報潜入
今野　敏　特殊防諜班 聖域炎上
今野　敏　特殊防諜班 最終特命
今野　敏　茶室殺人伝説
今野　敏　奏者水滸伝 白の暗殺教団
今野　敏　同期
今野　敏　欠落
今野　敏　変幻
今野　敏　警視庁FC
今野　敏　カットバック 警視庁FCII
今野　敏　継続捜査ゼミ

今野　敏　蓬莱〈新装版〉
今野　敏　イコン〈新装版〉
後藤正治　天人〈深代惇郎と新聞の時代〉
幸田　文　崩れ
幸田　文　台所のおと
幸田　文　季節のかたみ
小池真理子　冬の伽藍
小池真理子　夏の吐息
小池真理子　千日のマリア
五味太郎　大人問題
鴻上尚史　あなたの魅力を演出するちょっとしたヒント
鴻上尚史　鴻上尚史の俳優入門
鴻上尚史　青空に飛ぶ
小泉武夫　納豆の快楽
近藤史人　藤田嗣治「異邦人」の生涯
小前　亮　趙匡胤〈宋の太祖〉
小前　亮　賢帝と逆臣と〈康熙帝と三藩の乱〉
小前　亮　始皇帝の永遠〈天下一統〉
小前　亮　劉裕〈豪剣の皇帝〉

香月日輪　妖怪アパートの幽雅な日常①
香月日輪　妖怪アパートの幽雅な日常②
香月日輪　妖怪アパートの幽雅な日常③
香月日輪　妖怪アパートの幽雅な日常④
香月日輪　妖怪アパートの幽雅な日常⑤
香月日輪　妖怪アパートの幽雅な日常⑥
香月日輪　妖怪アパートの幽雅な日常⑦
香月日輪　妖怪アパートの幽雅な日常⑧
香月日輪　妖怪アパートの幽雅な日常⑨
香月日輪　妖怪アパートの幽雅な日常⑩
香月日輪　妖怪アパートの幽雅な食卓〈るり子さんのお料理日記〉
香月日輪　妖怪アパートの幽雅な人々〈妖アパミニガイド〉
香月日輪　妖怪アパートの幽雅な日常〈ラスベガス外伝〉
香月日輪　大江戸妖怪かわら版①〈異界より落ち来る者あり〉
香月日輪　大江戸妖怪かわら版②〈異界より落ち来る者あり 其之二〉
香月日輪　大江戸妖怪かわら版③〈封印の娘〉
香月日輪　大江戸妖怪かわら版④〈天空の竜宮城〉
香月日輪　大江戸妖怪かわら版⑤〈雀、大浪花に行く〉
香月日輪　大江戸妖怪かわら版⑥〈魔狼、月に吠える〉

講談社文庫　目録